Les termes avec une * sont définis dans le lexique p. 94.

Qui sont les personnages des contes ?

Le héros

Le conte est centré sur un personnage principal, le héros*.

Un prince ou un enfant pauvre
Dans un conte de fées, le héros est en général un prince ou une princesse, mais c'est souvent aussi un enfant pauvre. Dans tous les cas, il est une sorte d'élu, qui possède un don particulier : Riquet, par exemple, peut « donner autant d'esprit qu'il en aurait à celle qu'il aimerait le mieux. »

Les autres personnages

Le conte merveilleux est peuplé d'êtres surnaturels.

Fées et sorcières : Au premier rang des personnages secondaires, la fée (celle de *Riquet*, par exemple), qui se range du côté du héros, parmi les personnages bons. Son opposé est la sorcière laide, qui incarne le mal.

Contes d'ici et d'ailleurs

Anthologie

LE DOSSIER
Le conte, un genre littéraire

L'ENQUÊTE
**Profession conteur,
des griots aux bardes**

Notes et dossier
Nunzio Casalaspro
agrégé de lettres modernes

Collection dirigée par
Bertrand Louët

Sommaire

© Hatier, Paris, 2011
ISBN : 978-2-218-96210-3

Leuk-le-Lièvre

Nasreddin

Un animal ou un homme très rusé
Mais bien d'autres types de contes
existent et le héros peut aussi être
un animal ou un homme comme
les autres. Quel que soit le conte,
cependant, tous ces protagonistes
brillent par des qualités communes :
la ruse, l'intelligence et la bonté
(Riquet, Samba, Nasreddin,
Leuk-le-Lièvre ou cet autre lièvre
du conte du bouddhisme).

**Ogres et lutins, géants bons ou
mauvais :** Dans les contes, on
voit aussi des ogres ou ogresses
(celle de *Samba-de-la-Nuit*),
mais aussi des êtres minuscules,
les lutins, ou au contraire d'une
taille démesurée, les géants.

Les animaux et les objets personnifiés : Dans les contes
d'animaux*, la plupart des personnages sont
des animaux. Mais ces bêtes rencontrent parfois
des êtres humains (le berger du *Taureau de Bouki*).
Le conte *Les Saisons et les Mois* présente un autre cas :
ce sont Mars, Juin et Septembre et les autres mois
qui prennent la parole !

Que se passe-t-il dans les contes ?

Un schéma identique d'un conte à l'autre

Dans les contes merveilleux, on retrouve souvent les mêmes étapes : le héros subit une injustice ou un malheur, traverse un certain nombre d'épreuves* (ou péripéties*) pour rétablir sa situation et triompher du mal. L'histoire se termine bien : par un mariage ou l'acquisition d'une fortune.

Premier exemple

1. Dans *Les Saisons et les Mois*, Dobromila vit avec sa mère et sa sœur cadette et sert de bonne à tout faire (situation initiale).

2. Pour satisfaire les caprices de sa sœur, elle subit trois épreuves, aidée des mois de l'année (péripéties).

3. La cadette et la mère sont punies de leur méchanceté (situation finale).

Deuxième exemple

1. Dans *Le Taureau de Bouki*, Leuk-le-Lièvre accompagne Bouki, lequel s'est emparé d'un taureau qu'il veut manger (situation initiale).

2. Par trois fois, Bouki s'éloigne et laisse Leuk surveiller le taureau. Puis Leuk est chassé ; mais il fait peur à Bouki en lui laissant croire que le berger auquel il a volé le taureau arrive (péripéties).

3. Bouki s'enfuit, abandonnant le taureau à Leuk et à ses amis (situation finale).

Qui sont les auteurs ?

Illustration d'A. Resignani pour
un conte d'Andersen (1945).

Les auteurs : des anonymes aux écrivains

● DES ANONYMES

De nombreux contes ne portent pas de signature, parce qu'ils appartiennent à une tradition orale et ont été transmis de génération en génération par des gens du peuple ou des conteurs professionnels.

Peu à peu, le conte est devenu un genre littéraire à part entière. L'auteur peut être celui qui recueille les contes et les rapporte, ou celui qui les invente.

	1800	1300	1000-600	800	1697	1698
CONTES DE TOUS LES PAYS	*L'Épopée de Gilgamesh*, roi d'Ourouk (Mésopotamie)	*Les Deux Frères* (Égypte)	Récits de l'Ancien Testament (Palestine)	Homère, l'*Iliade* et l'*Odyssée* (Grèce)	C. Perrault, *Contes de ma mère l'Oye* (ou *Contes du temps passé*)	Mme d'Aulnoy, *Les Illustres Fées*

	IVe millénaire avant J.-C.	IIe-Ier millénaire avant J.-C.		Ve siècle avant J.-C.	XVIIe siècle
HISTOIRE	Naissance de l'écriture	Le temps de la Bible		Apogée d'Athènes (Périclès, le Parthénon)	Louis XIV, Molière

● CHARLES PERRAULT (1628-1703)

Après des études de droit, il entre au service de Louis XIV et de son ministre Colbert, dans l'administration royale. À partir de 1672, il devient « contrôleur général des bâtiments et jardins, arts et manufactures », tout en continuant sa carrière littéraire en parallèle. En 1683, à la mort de Colbert, il doit quitter sa charge et se consacre alors à son œuvre et à ses enfants. En mettant à l'honneur une tradition jusqu'alors orale, Perrault montre que les gens du peuple possèdent un savoir digne de rivaliser avec la culture des savants.

● PHILIPPE SOUPAULT (1897-1990)

À la fois poète, traducteur, essayiste, romancier et journaliste, Soupault fut un écrivain très prolifique. Avec son épouse, il entreprend de recueillir des contes du monde entier et de les rassembler dans un ouvrage intitulé : *Histoires merveilleuses des cinq continents*. Soucieux de respecter la tradition, ils ont transcrit tous les récits, mais avec l'intention qu'ils soient lus oralement.

● BIRAGO DIOP (1906-1989)

Vétérinaire devenu ambassadeur, l'écrivain sénégalais Diop publie à Paris ses premiers poèmes et contes. Il puise la matière de ses récits dans ses expériences personnelles et ses rencontres avec des griots* africains, ces conteurs poètes et musiciens. Ses contes sont attribués, comme l'indique le titre de l'ouvrage, au griot Amadou Koumba. Ainsi, Diop (voir « L'Enquête »), comme Perrault avec ma mère Loye, invente un auteur fictif et donne à son œuvre la marque de la tradition orale.

1704-1717	1812-1822	1835-1848	1934	1947	1967
Les Mille et Une Nuits, contes arabes, traduits par A. Galland	Les frères Grimm, *Contes pour enfants* (Allemagne)	Andersen, *Contes racontés aux enfants* (Danemark)	M. Aymé, *Contes du chat perché*	B. Diop, *Les Contes d'Amadou Koumba*	P. Gripari, *Contes de la rue Broca*

XVIIIᵉ siècle	XIXᵉ siècle		XXᵉ siècle
Les Lumières, la Révolution française	La révolution industrielle		La Première et la Deuxième Guerres mondiales

Contes d'ici et d'ailleurs

Riquet à la houppe

FRANCE

Il était une fois une reine qui accoucha d'un fils, si laid et si mal fait, qu'on douta longtemps s'il avait forme humaine. Une fée, qui se trouva à sa naissance, assura qu'il ne laisserait[1] pas d'être aimable, parce qu'il aurait beaucoup d'esprit ; elle ajouta même qu'il pourrait, en vertu du don qu'elle venait de lui faire, donner autant d'esprit qu'il en aurait à la personne qu'il aimerait le mieux.

Tout cela consolait un peu la pauvre reine, qui était bien affligée d'avoir mis au monde un si vilain marmot. Il est vrai que cet enfant ne commença pas plus tôt à parler qu'il dit mille jolies choses, et qu'il avait dans toutes ses actions je ne sais quoi de si spirituel qu'on en était charmé. J'oubliais de dire qu'il vint au monde avec une petite houppe de cheveux sur la tête, ce qui fit qu'on le nomma Riquet à la houppe, car Riquet était le nom de la famille.

Au bout de sept ou huit ans, la reine d'un royaume voisin accoucha de deux filles. La première qui vint au monde était plus belle que le jour : la reine en fut si aise[2], qu'on appréhenda que la trop grande joie qu'elle en avait ne lui fît mal. La même fée qui avait assisté à la naissance du petit Riquet à la houppe était présente, et pour modérer la joie de la reine, elle lui déclara que cette petite princesse n'aurait point d'esprit, et qu'elle serait aussi

---

1. **Ne laisserait pas** : ne manquerait pas.
2. **Aise** : contente.

stupide qu'elle était belle. Cela mortifia[1] beaucoup la reine ; mais elle eut quelques moments après un bien plus grand chagrin, car la seconde fille dont elle accoucha se trouva extrêmement laide.

« Ne vous affligez point tant, Madame, lui dit la fée ; votre fille sera récompensée d'ailleurs, et elle aura tant d'esprit, qu'on ne s'apercevra presque pas qu'il lui manque de la beauté.

– Dieu le veuille, répondit la reine, mais n'y aurait-il point moyen de faire avoir un peu d'esprit à l'aînée qui est si belle ?

– Je ne puis rien pour elle, Madame, du côté de l'esprit, lui dit la fée ; mais je puis tout du côté de la beauté ; et comme il n'y a rien que je ne veuille faire pour votre satisfaction, je vais lui donner pour don de pouvoir rendre beau ou belle la personne qui lui plaira. »

À mesure que ces deux princesses devinrent grandes, leurs perfections crûrent aussi avec elles, et on ne parlait partout que de la beauté de l'aînée, et de l'esprit de la cadette. Il est vrai aussi que leurs défauts augmentèrent beaucoup avec l'âge. La cadette enlaidissait à vue d'œil, et l'aînée devenait plus stupide de jour en jour. Ou elle ne répondait rien à ce qu'on lui demandait, ou elle disait une sottise. Elle était avec cela si maladroite qu'elle n'eût pu ranger quatre porcelaines sur le bord d'une cheminée sans en casser une, ni boire un verre d'eau sans en répandre la moitié sur ses habits.

Quoique la beauté soit un grand avantage dans une jeune personne, cependant la cadette l'emportait presque toujours sur son aînée dans toutes les compagnies. D'abord, on allait du côté de la plus belle pour la voir et pour l'admirer, mais bientôt après, on allait à celle qui avait le plus d'esprit, pour lui entendre dire mille choses agréables ; et on était étonné qu'en moins d'un quart

1. **Mortifia** : mécontenta.

d'heure l'aînée n'avait plus personne auprès d'elle, et que tout le monde s'était rangé autour de la cadette. L'aînée, quoique fort stupide, le remarqua bien, et elle eût donné sans regret toute sa beauté pour avoir la moitié de l'esprit de sa sœur. La reine, toute sage qu'elle était, ne put s'empêcher de lui reprocher plusieurs fois sa bêtise, ce qui pensa faire mourir de douleur cette pauvre princesse.

Un jour qu'elle s'était retirée dans un bois pour y plaindre son malheur, elle vit venir à elle un petit homme fort laid et fort désagréable[1], mais vêtu très magnifiquement. C'était le prince Riquet à la houppe, qui étant devenu amoureux d'elle sur les portraits qui couraient par tout le monde, avait quitté le royaume de son père pour avoir le plaisir de la voir et de lui parler•. Ravi de la rencontrer ainsi toute seule, il l'aborde avec tout le respect et toute la politesse imaginables. Ayant remarqué, après lui avoir fait les compliments ordinaires, qu'elle était fort mélancolique, il lui dit :

« Je ne comprends point, Madame, comment une personne aussi belle que vous l'êtes peut être aussi triste que vous le paraissez ; car, quoique je puisse me vanter d'avoir vu une infinité de belles personnes, je puis dire que je n'en ai jamais vu dont la beauté approche de la vôtre.

– Cela vous plaît à dire[2], Monsieur, lui répondit la princesse, et en demeura là.

– La beauté, reprit Riquet à la houppe, est si grand avantage qu'il doit tenir lieu de tout le reste ; et quand on le possède, je ne vois pas qu'il y ait rien qui puisse nous affliger beaucoup.

---

1. **Désagréable** : désagréable à regarder.
2. **Cela vous plaît à dire** : vous dites cela pour me faire plaisir.

Il y a rarement conte sans départ ou voyage : Riquet part de chez lui pour accomplir ses aventures.

Illustration d'Adrien Marie pour Riquet à la houppe de Perrault (1884).

– J'aimerais mieux, dit la princesses, être aussi laide que vous
80 et avoir de l'esprit, que d'avoir de la beauté comme j'en ai, et être
bête autant que je le suis.

– Il n'y a rien, Madame, qui marque davantage qu'on a de l'esprit, que de croire n'en pas avoir, et il est de la nature de ce bien-là, que plus on en a, plus on croit en manquer.

85 – Je ne sais pas cela, dit la princesse, mais je sais bien que je
suis fort bête, et c'est de là que vient le chagrin qui me tue.

– Si ce n'est que cela, Madame, qui vous afflige, je puis aisément mettre fin à votre douleur.

– Et comment ferez-vous ? dit la princesse.

90 – J'ai le pouvoir, Madame, dit Riquet à la houppe, de donner
de l'esprit autant qu'on en saurait avoir à la personne que je dois
aimer le plus ; et comme vous êtes, Madame, cette personne, il
ne tiendra qu'à vous que vous n'ayez autant d'esprit qu'on en
peut avoir, pourvu que vous vouliez bien m'épouser. »

95 La princesse demeura toute interdite[1], et ne répondit rien. « Je
vois, reprit Riquet à la houppe, que cette proposition vous fait
de la peine, et je ne m'en étonne pas ; mais je vous donne un
an tout entier pour vous y résoudre. » La princesse avait si peu
d'esprit, et en même temps une si grande envie d'en avoir, qu'elle
100 s'imagina que la fin de cette année ne viendrait jamais ; de sorte
qu'elle accepta la proposition qui lui était faite. Elle n'eut pas plus
tôt promis à Riquet à la houppe qu'elle l'épouserait dans un an
à pareil jour, qu'elle se sentit tout autre qu'auparavant ; elle se
sentit une facilité incroyable à dire tout ce qui lui plaisait, et à le
105 dire d'une manière fine, aisée et naturelle. Elle commença dès
ce moment une conversation galante[2] et soutenue avec Riquet à
la houppe, où elle brilla d'une telle force que Riquet à la houppe

1. **Interdite** : étonnée, stupéfaite.
2. **Galante** : raffinée.

crut lui avoir donné plus d'esprit qu'il ne s'en était réservé pour
lui-même.

110   Quand elle fut retournée au palais, toute la cour ne savait que
penser d'un changement si subit et si extraordinaire, car autant
qu'on lui avait ouï[1] dire d'impertinences[2] auparavant, autant lui
entendait-on dire de choses bien sensées et infiniment spirituel-
les. Toute la cour en eut une joie qui ne se peut imaginer ; il n'y
115 eut que sa cadette qui n'en fut pas bien aise, parce que n'ayant
plus sur son aînée l'avantage de l'esprit, elle ne paraissait plus
auprès d'elle qu'une guenon fort désagréable.

   Le roi se conduisait par ses avis[3], et allait même quelquefois
tenir le conseil dans son appartement. Le bruit de ce change-
120 ment s'étant répandu, tous les jeunes princes des royaumes voi-
sins firent leurs efforts pour s'en faire aimer, et presque tous la
demandèrent en mariage ; mais elle n'en trouvait point qui eût
assez d'esprit, et elle les écoutait tous sans s'engager à pas un
d'eux[4]. Cependant, il en vint un si puissant, si riche, si spirituel et
125 si bien fait, qu'elle ne put s'empêcher d'avoir de la bonne volonté
pour lui. Son père, s'en étant aperçu, lui dit qu'il la faisait la maîtresse sur le choix d'un époux, et qu'elle n'avait qu'à se décla-
rer. Comme plus on a d'esprit et plus on a de peine à prendre
une ferme résolution sur cette affaire, elle demanda, après avoir
130 remercié son père, qu'il lui donnât du temps pour y penser.

   Elle alla par hasard se promener dans le même bois où elle
avait trouvé Riquet à la houppe, pour rêver plus commodément
à ce qu'elle avait à faire. Dans le temps qu'elle se promenait,
rêvant profondément, elle entendit un bruit sourd sous ses pieds,
135 comme de plusieurs personnes qui vont et viennent et qui agis-
sent. Ayant prêté l'oreille plus attentivement, elle ouït que l'on

---

1. **Ouï** : entendu.
2. **Impertinences** : sottises.

3. **Se conduisait par ses avis** : suivait ses conseils.
4. **À pas un deux** : avec aucun d'eux.

disait : « Apporte-moi cette marmite » ; l'autre : « Donne-moi cette chaudière » ; l'autre : « Mets du bois dans ce feu. » La terre s'ouvrit dans le même temps, et elle vit sous ses pieds comme
140 une grande cuisine pleine de cuisiniers, de marmitons et de toutes sortes d'officiers[1] nécessaires pour faire un festin magnifique. Il en sortit une bande de vingt ou trente rôtisseurs, qui allèrent se camper dans une allée du bois autour d'une table fort longue, et qui tous, la lardoire[2] à la main, et la queue de renard[3] sur
145 l'oreille, se mirent à travailler en cadence au son d'une chanson harmonieuse.

La princesse, étonnée de ce spectacle, leur demanda pour qui ils travaillaient. « C'est, Madame, lui répondit le plus apparent[4] de la bande, pour le prince Riquet à la houppe, dont les noces
150 se feront demain. » La princesse, encore plus surprise qu'elle ne l'avait été, et se ressouvenant tout à coup qu'il y avait un an qu'à pareil jour, elle avait promis d'épouser le prince Riquet à la houppe, pensa tomber de son haut. Ce qui faisait qu'elle ne s'en souvenait pas, c'est que quand elle fit cette promesse, elle était
155 une bête[5], et qu'en prenant le nouvel esprit que le prince lui avait donné, elle avait oublié toutes ses sottises.

Elle n'eut pas fait trente pas en continuant sa promenade, que Riquet à la houppe se présenta à elle, brave, magnifique, et comme un prince qui va se marier.

160 « Vous me voyez, dit-il, Madame, exact à tenir ma parole, et je ne doute point que vous ne veniez ici pour exécuter la vôtre, et me rendre, en me donnant la main, le plus heureux de tous les hommes.

---

1. **Officiers** : domestiques.
2. **Lardoire** : broche qui sert à cuire la viande.
3. **Queue de renard** : bonnet en fourrure des cuisiniers.

4. **Apparent** : important.
5. **Elle était une bête** : elle était bête.

– Je vous avouerai franchement, répondit la princesse, que je
165 n'ai pas encore pris ma résolution là-dessus, et que je ne crois pas
pouvoir jamais la prendre telle que vous la souhaitez.

– Vous m'étonnez, Madame, lui dit Riquet à la houppe.

– Je le crois, dit la princesse et assurément si j'avais affaire à
un brutal, à un homme sans esprit, je me trouverais bien embar-
170 rassée. Une princesse n'a que sa parole, me dirait-il, et il faut que
vous m'épousiez, puisque vous me l'avez promis ; mais comme
celui à qui je parle est l'homme du monde qui a le plus d'esprit, je suis sûre qu'il entendra raison. Vous savez que quand je
n'étais qu'une bête, je ne pouvais néanmoins me résoudre à vous
175 épouser ; comment voulez-vous qu'ayant l'esprit que vous m'avez
donné, qui me rend encore plus difficile en gens que je n'étais,
je prenne aujourd'hui une résolution que je n'ai pu prendre dans
ce temps-là ? Si vous pensiez tout de bon à m'épouser, vous avez
eu grand tort de m'ôter ma bêtise, et de me faire voir plus clair
180 que je ne voyais.

– Si un homme sans esprit, répondit Riquet à la houppe, serait
bien reçu, comme vous venez de le dire, à vous reprocher votre
manque de parole, pourquoi voulez-vous, Madame, que je n'en
use pas de même, dans une chose où il y va de tout le bonheur de
185 ma vie ? Est-il raisonnable que les personnes qui ont de l'esprit
soient d'une pire condition que celles qui n'en ont pas ? Le pou-
vez-vous prétendre, vous qui en avez tant, et qui avez tant sou-
haité d'en avoir ? Mais venons au fait, s'il vous plaît. À la réserve
de¹ ma laideur, y a-t-il quelque chose en moi qui vous déplaise ?
190 Êtes-vous mal contente de ma naissance, de mon esprit, de mon
humeur, et de mes manières ?

---

1. **À la réserve de** : à l'exception de.

– Nullement, répondit la princesse, j'aime en vous tout ce que vous venez de me dire.

– Si cela est ainsi, reprit Riquet à la houppe, je vais être heu-
195 reux, puisque vous pouvez me rendre le plus aimable de tous les hommes.

– Comment cela se peut-il faire ? lui dit la princesse.

– Cela se fera, répondit Riquet à la houppe, si vous m'aimez assez pour souhaiter que cela soit ; et afin, Madame, que vous
200 n'en doutiez pas, sachez que la même fée qui, au jour de ma naissance, me fit le don de pouvoir rendre spirituelle la personne qu'il me plairait, vous a aussi fait le don de pouvoir rendre beau celui que vous aimerez, et à qui vous voudrez bien faire cette faveur.

205 – Si la chose est ainsi, dit la princesse, je souhaite de tout mon cœur que vous deveniez le prince du monde le plus beau et le plus aimable ; et je vous en fais de don autant qu'il est en moi. »

La princesse n'eut pas plus tôt prononcé ces paroles, que Riquet à la houppe parut à ses yeux l'homme du monde le plus beau, le
210 mieux fait et le plus aimable qu'elle eût jamais vu●. Quelques-uns assurent que ce ne furent point les charmes de la fée qui opérèrent, mais que l'amour seul fit cette métamorphose. Ils disent que la princesse ayant fait réflexion sur la persévérance de son amant, sur sa discrétion et sur toutes les bonnes quali-
215 tés de son âme et de son esprit, ne vit plus la difformité de son corps, ni la laideur de son visage, que sa bosse ne lui sembla plus que le bon air d'un homme qui fait le gros dos, et qu'au lieu que jusqu'alors elle l'avait vu boiter effroyablement, elle ne lui trouva plus qu'un certain air penché qui la charmait ; ils disent

● Le thème de la métamorphose est très fréquent dans les contes. La magie transforme Riquet.

220 encore que ses yeux qui étaient louches, ne lui en parurent que plus brillants, que leur dérèglement passa dans son esprit pour la marque d'un violent excès d'amour, et qu'enfin son gros nez rouge eut quelque chose de martial[1] et d'héroïque.

Quoi qu'il en soit, la princesse lui promit sur-le-champ de
225 l'épouser, pourvu qu'il en obtînt le consentement du roi son père. Le roi ayant su que sa fille avait beaucoup d'estime pour Riquet à la houppe, qu'il connaissait d'ailleurs pour un prince très spirituel et très sage, le reçut avec plaisir pour son gendre. Dès le lendemain les noces furent faites, ainsi que Riquet à la houppe
230 l'avait prévu, et selon les ordres qu'il en avait donnés longtemps auparavant.

MORALITÉ

Ce que l'on voit dans cet écrit
Est moins un conte en l'air que la vérité même
235 *Tout est beau dans ce que l'on aime,*
Tout ce qu'on aime a de l'esprit.

AUTRE MORALITÉ

Dans un objet[2] où la Nature
Aura mis de beaux traits, et la vive peinture
240 *D'un teint où jamais l'Art ne saurait arriver,*
Tous ces dons pourront moins pour rendre un cœur sensible
Qu'un seul agrément invisible
Que l'Amour y fera trouver.

In Charles Perrault, *Contes de ma mère l'Oye* (1697).

---

1. **Martial** : guerrier.
2. **Objet** : ici, une personne.

Les Saisons et les Mois

TCHÉCOSLOVAQUIE

Restée veuve avec deux filles, une paysanne vivait dans les environs de Prague. L'aînée se nommait Dobromila ; la seconde s'appelait Dorota. Cette paysanne adorait sa plus jeune fille, mais elle avait Dobromila en horreur[•], peut-être parce que celle-ci était aussi belle que sa sœur était laide. Ainsi sont parfois les mères.

La bonne Dobromila ignorait qu'elle était jolie et ne pouvait pas s'expliquer pourquoi sa mère se mettait en colère lorsqu'elle la voyait. C'était la pauvre Dobromila qui faisait tout dans la maison : balayer, cuisiner, laver, coudre, filer, tisser, tondre l'herbe, soigner la vache. Dorota, par contre, vivait comme une princesse et ne faisait jamais rien.

Drobromila travaillait toujours avec courage et recevait les reproches et les coups sans protester.

« Les voilà grandes toutes les deux, pensait la paysanne ; les prétendants viendront bientôt ; ils refuseront ma fille cadette, quand ils verront cette méchante Dobromila, qui fait exprès d'embellir chaque jour un peu plus pour me contrarier. Il faut que je m'en débarrasse à n'importe quel prix. »

Après une tempête de neige, un jour de janvier, Dorota eut envie de violettes. Elle dit à sa sœur :

– Dobromila, va dans les bois cueillir un bouquet de violettes.

> Un conte met souvent en scène un enfant qui est le préféré ou le plus mal aimé de ses parents. C'est en général le cadet qui est ce souffre-douleur. Ici, c'est la fille aînée.

— Mais ma sœur, a-t-on jamais vu des violettes sous la neige ?

— Tais-toi, pauvre idiote, reprit sa sœur, fais ce que je te dis. Si tu ne veux pas aller dans les bois pour cueillir des violettes, je te battrai.

La mère donna raison à sa plus jeune fille, prit Dobromila par le bras, la jeta dehors et ferma la porte à double tour*.

Dobromila pleurait à chaudes larmes. La neige recouvrait la terre. On ne pouvait même plus voir un sentier. La pauvre enfant perdit son chemin. La faim la torturait, le froid la faisait grelotter. Mais elle marchait, marchait...

Tout à coup, elle aperçut une grande lueur au sommet d'une colline. Elle reprit espoir ; elle monta, monta et arriva enfin près de la lueur. Les flammes d'un grand feu montaient vers le ciel ; autour du feu, il y avait douze pierres et sur chaque pierre était assis un homme immobile, enveloppé d'un épais manteau, la tête couverte d'un capuchon. Trois de ces manteaux étaient blancs comme la neige, trois étaient verts comme l'herbe, trois étaient blonds comme les blés, trois étaient violets comme des grappes de raisin. Les douze hommes qui regardaient les flammes en silence étaient les douze* mois de l'année.

Dobromila reconnut Janvier à sa longue barbe blanche. Il tenait un gros bâton à la main. La pauvre fille était terrifiée ; elle s'approcha et, d'une voix très douce, elle dit :

— Mes bons messieurs, voulez-vous me permettre de me chauffer à votre feu ? Je suis morte de froid.

Janvier hocha la tête :

🔵 Pas de conte sans départ : le héros trouve sur sa route des opposants, qui l'empêchent d'accomplir sa mission (ici, l'adversaire de Dobromila est sa propre sœur) ou lui demandent d'accomplir des épreuves, mais d'autres personnages l'assistent (aides ou adjuvants).

🔵 Les chiffres sont très importants dans les contes : « trois », « sept » ou « douze » reviennent souvent, car ils ont une valeur symbolique très forte et représentent par exemple la chance.

– Pourquoi es-tu venue jusqu'ici ma petite fille ? Que viens-tu chercher chez nous ?

50 – Je viens chercher des violettes, répondit simplement Dobromila.

– Tu sais pourtant bien que ce n'est pas la saison, répondit Janvier ; il n'y a jamais de violettes sous la neige.

– Je le sais bien, répliqua Dobromila ; mais ma sœur et ma 55 mère me battront si je ne rapporte pas un bouquet de violettes. Mes bons messieurs, dites-moi, par pitié, où je puis en trouver.

Le vieux Janvier se leva et, s'adressant à un jeune homme dont la tête était couverte d'un capuchon vert :

– Mon frère Mars, dit-il en lui passant le bâton, cela te regarde.

60 Mars se leva et remua le feu avec le bâton. Une grande flamme s'éleva ; la neige disparut, les bourgeons éclatèrent, l'herbe verdit dans les prairies, les fleurs s'épanouirent, et le parfum des violettes annonça le printemps.

– Dépêche-toi, ma petite fille, cueille vite tes violettes ! dit 65 Mars.

Dobromila en fit un gros bouquet, remercia les douze mois et revint en courant chez sa mère. L'odeur des violettes embauma la maison, et sa mère et sa sœur furent bien étonnées.

– Où as-tu pu trouver ces fleurs ? demanda Dorota.

70 – Au sommet de la montagne, répondit sa sœur.

Dorota épingla le bouquet à sa ceinture, et ne dit même pas merci.

Le lendemain, la méchante sœur déclara qu'elle avait envie de manger des fraises.

75 – Va me chercher des fraises dans les bois, ordonna-t-elle à sa sœur.

– Mais, ma sœur, as-tu jamais trouvé des fraises sous la neige ?

– Tais-toi, pauvre imbécile, fais ce que je te dis. Si tu ne veux pas aller dans les bois et si tu ne me rapportes pas un panier de fraises, je te battrai.

La mère donna raison à sa plus jeune fille, prit Dobromila par le bras, la jeta dehors et ferma la porte à double tour.

Dobromila obéit en pleurant. Elle marcha, marcha... Tout à coup, elle aperçut la lumière qu'elle avait vue la veille et arriva tout près du feu, tremblante et grelottante.

Les douze mois étaient toujours à leur place, immobiles et silencieux.

– Mes bons messieurs, permettez-moi de me chauffer à votre feu. Je suis presque morte de froid.

– Pourquoi reviens-tu, demanda Janvier, que viens-tu chercher ?

– Je cherche des fraises, répondit-elle à mi-voix.

– Tu sais bien que ce n'est pas la saison des fraises, répondit Janvier, on ne saurait trouver de fraises sous la neige.

– Je le sais bien, répliqua tristement Dobromila, mais ma mère et ma sœur me battront si je n'en rapporte pas plein ce panier. Mes bons messieurs, dites-moi, par pitié, où je puis en trouver.

Janvier se leva et, s'adressant à un homme dont la tête était couverte d'un capuchon blond comme les blés, lui passa son bâton.

– Mon frère Juin, dit-il, cela te regarde.

Juin se leva et remua le feu avec le bâton. Une grande flamme s'éleva ; la neige disparut, les arbres se couvrirent de feuilles, les oiseaux se mirent à chanter, les buissons fleurirent et dans l'herbe apparurent des milliers de petites fraises.

– Dépêche-toi, mon enfant, dit Juin. Va vite cueillir tes fraises !

Dobromila en remplit son panier, remercia les douze mois et revint en courant chez sa mère.

L'odeur des fraises embaumait la maison, et sa mère et sa sœur furent bien étonnées.

110 — Où as-tu trouvé ces petites fraises ? demanda Dorota d'un ton méprisant.

— Dans le bois, au sommet de la montagne, répondit sa sœur.

Dorota mangea les fraises et ne lui dit même pas merci.

Le lendemain la méchante sœur déclara qu'elle avait envie de 115 pommes rouges. Mêmes menaces, mêmes injures, mêmes violences. Dobromila courut à la montagne et elle fut assez heureuse pour retrouver les douze mois qui se chauffaient, immobiles et silencieux.

— C'est encore toi, ma petite fille ? dit le vieux Janvier.

120 Et Dobromila lui raconta en pleurant que, si elle ne rapportait pas des pommes rouges, sa mère et sa sœur la battraient.

Le bon Janvier passa son bâton à un homme à la barbe grise, dont la tête était couverte d'un capuchon violet.

— Frère Septembre, dit-il, cela te regarde.

125 Septembre se leva et remua le feu avec le bâton. Une grande flamme s'éleva ; la neige disparut. Des arbres, quelques feuilles jaunies tombèrent une à une. Dobromila aperçut un pommier où mûrissaient des fruits rouges.

— Dépêche-toi, ma petite fille, dit Septembre. Secoue l'arbre et 130 ramasse tes pommes.

Dobromila secoua le pommier, ramassa deux pommes, remercia les douze mois et courut toute joyeuse chez sa mère.

— Pourquoi apportes-tu seulement deux pommes ? s'écria Dorota. Tu as sûrement mangé les autres.

135 Et elle frappa sa sœur qui se sauva en pleurant. La méchante fille goûta une des deux pommes : elle n'avait jamais rien mangé d'aussi délicieux. Sa mère fut du même avis.

— Ma mère, dit Dorota, donne-moi ma pelisse[1]. J'irai dans les bois, je trouverai le pommier, je le secouerai si bien que toutes les
140 pommes seront à nous.

Dorota s'enveloppa dans sa pelisse et courut vers la montagne.

Tout était couvert de neige. Après avoir marché longtemps, elle aperçut une lueur au sommet de la montagne. Elle courut et trouva les douze mois, tous immobiles et silencieux. Sans leur
145 demander la permission, elle s'approcha du feu.

— Que viens-tu faire ici ? demanda le vieux Janvier.

— Est-ce que cela te regarde, vieux fou ? répondit Dorota. Tu n'as pas besoin de savoir d'où je viens ni où je vais.

Janvier leva son bâton au-dessus de sa tête. Brusquement, le
150 ciel s'obscurcit, la neige tomba, le vent souffla. Dorota voulut revenir sur ses pas mais s'égara. La neige tomba plus fort, le vent souffla en rafales. Elle appela sa mère et maudit sa sœur. Dorota tomba ; bientôt elle fut recouverte de neige.

Les heures passaient, Dorota ne revenait pas.

155 — Il faut que je retrouve ma fille, dit la mère.

Et elle prit sa pelisse et son capuchon ; elle courut à la montagne.

Tout était couvert de neige.

Dobromila attendit toute la nuit le retour de sa mère et de sa
160 sœur. Elles ne revinrent jamais.

Ce ne fut qu'au printemps qu'un berger retrouva les deux cadavres dans les bois.

Dobromila resta seule maîtresse de la maison, de la vache et du jardin. Elle fut bientôt mariée. Les douze mois n'abandonnèrent
165 plus jamais leur protégée.

In Philippe Soupault, *Histoires merveilleuses des cinq continents*,
© Seghers.

1. **Pelisse** : manteau de fourrure.

Samba-de-la-Nuit

SÉNÉGAL

– Mère accouche de moi !

– Et comment accoucher de toi, puisque tu n'es pas encore à terme ?

Tel était le dialogue que, toutes les nuits, depuis sept nuits et
5 sept jours, la pauvre Koumba, déjà mère de sept garçons nés le
même jour, dès la rude journée finie, se mettant au lit, tenait avec
l'enfant qui bougeait dans son ventre.

– Mère, accouche de moi !

– Et comment accoucher de toi, tu n'es pas encore à terme ?

10 – Eh bien ! je m'accouche tout seul fit l'enfant au premier chant
du coq.

Et il se coupa tout seul son cordon ombilical, se fit tout seul
sa toilette, et il était au pied de la couche maternelle, quand les
matrones[1], attirées par les cris de la mère, pénétrèrent dans la
15 case et s'ahurirent :

– Qu'est ceci ? Que peut bien dire ceci ?

– Je suis, dit l'enfant qui grandissait à vue d'œil.

Je suis Samba né de la nuit dernière
Plus vieux que sa mère
20 *Plus vieux que son père*
Et du même âge que ses cadets

---

1. Matrones : sages-femmes.

Le chiffre « sept » est omniprésent dans ce
récit, comme dans beaucoup de contes. Il
symbolise la chance ou la perfection.

qui sont à naître !
(Mâye Samba – Djoudou bigg !
Magg n'déyam !
Magg bayam !
Masse ak ai rakam
Ya djoudô goul !)

– Mère, dit Samba-de-la-Nuit à Koumba sa mère, je sais que mes frères partent aujourd'hui vers des pays lointains pour aller chercher femme. Mère, dis-leur de m'emmener avec eux.

– T'emmener avec eux ? Mais ils t'ont vu tout à l'heure tout petit. Et même que tu aies grandi si vite, ils ne voudront pas s'encombrer de toi. Il leur sera très difficile, sinon impossible de trouver sept sœurs du même âge et de la même mère, comme je l'ai exigé, car je ne veux pas un jour de querelles de jalousie dans la maison.

En effet, les frères ne voulurent pas s'encombrer de celui-là qui leur arrivait d'ils ne savaient où ; et, prenant congé, ils s'en furent de grand matin le lendemain à la quête de fiancées et d'épouses.

Ils partirent donc avant que le soleil ne fût levé●.

Ils marchèrent longtemps, devisant[1] joyeusement, quand l'un des sept garçons qui marchait devant trouva, sur le sentier, une pièce d'argent. Il la ramassa, la mit dans son gousset et remit le gousset dans sa poche.

Ils marchèrent encore loin, encore longtemps. Le soleil commençait à chauffer et à fouiller dans les feuillages et dans les buissons, quand le frère qui avait ramassé la pièce d'argent se mit à se plaindre.

– Quelle chaleur ! j'ai vraiment chaud !

---

1. Devisant : parlant, conversant.

● On retrouve ici le thème du voyage, très présent dans les contes. Samba va accomplir un parcours initiatique pour prouver sa vaillance.

50   Il entendit alors, venant de la poche de son boubou[1], contre son ventre :

– Et que devrais-je dire, moi, qui suis dans le gousset[2] qui est dans la poche de ton boubou ?

Le garçon tira le gousset de la poche de son boubou et du gous-
55 set, la pièce d'argent, qu'il jeta par terre. Aussitôt qu'elle eut tou-
ché terre, la pièce d'argent se transforma et devint Samba-de-la-Nuit●.

– Veux-tu t'en retourner à la maison ? intima le frère.

Et ils laissèrent Samba-de-la-Nuit sur le sentier.

60   Ils marchèrent encore longtemps et arrivèrent sur un terrain rocailleux, où le sentier n'avait pas laissé ses traces. Un des frères, qui courait devant les autres, heurta, du gros orteil droit, un caillou.

– Vouye ! Vouye ! fit-il, que je me suis fait mal.

65   Et il ramassa le caillou, et le caillou de lui dire :

– Et moi, ne dois-je pas me plaindre, moi qui ai reçu un si fort coup de pied.

Le garçon laissa tomber le caillou, qui, en touchant le sol, se transforma et devint Samba-de-la-Nuit.

70   – Veux-tu t'en retourner à la maison ? ordonna le frère.

Et ils laissèrent Samba-de-la-Nuit sur le terrain rocailleux.

Ils allèrent encore longtemps, des jours et des nuits, et s'arrê-
tèrent, au milieu du jour, à l'ombre d'un jujubier, dont les fruits jaunes et rouges étaient aussi gros que des boules d'ambre[3]. Un
75 des frères leva le bras, en cueillit un et le mit dans sa bouche. Il le cracha aussitôt dans sa main en disant :

– Il est aussi amer qu'il est beau, ce fruit.

---

1. Boubou : vêtement, tunique large.
2. Gousset : petite bourse.
3. Ambre : résine d'origine végétale.

● Le thème de la métamorphose est très présent dans le conte et Samba va se transformer plusieurs fois.

— Et si tu avais demandé l'autorisation de me cueillir ? fit le noyau de jujube.

80 Le garçon jeta le noyau de jujube, qui, en tombant à terre, se transforma et devint Samba-de-la-Nuit.

— Veux-tu t'en retourner à la maison ? fit le frère.

— Non, laisse-le venir avec nous, dirent les autres frères.

Et Samba-de-la-Nuit continua le chemin devant ses sept frères.

85 Ils marchèrent encore longtemps, des nuits et des jours, et arrivèrent au bord du Grand Fleuve.

Samba-de-la-Nuit se mit à chanter :

Koumba yénou gall
Deuppô galla O!
Koumba ragnian naghi !
(Koumba portant une pirogue sur la tête
S'est renversée une pirogue sur elle !
Voici Koumba la noctambule !)

Les flots alors s'irisèrent[1], s'agitèrent, bouillirent au milieu du
95 Grand Fleuve...

Samba-de-la-Nuit chanta encore :

Samba yénou gall
Donn Ko setti
Domou moll lâ djow!
(Samba une pirogue sur la tête
Partait à sa recherche
Fils de pêcheur pagaie !)

D'immenses vagues se formèrent, qui venaient déferler aux pieds de Samba-de-la-Nuit et de ses frères.

105 Et Samba-de-la-Nuit chantait toujours :

Dô ma djap !

---

1. **S'irisèrent** : se colorèrent des couleurs de l'arc-en-ciel.

> *Dô ma djayi !*
> *Té dô ma dougall gall !*
> *(Tu ne me prendras pas !*
> *Tu ne me vendras pas !*
> *Tu ne me mettras pas dans une pirogue !)*

110

Une vague, dont l'arête touchait les nuages et dont l'écume blanchissait l'indigo[1] du ciel, s'avança vers eux en hurlant et déposa, sur la berge, Diassigue-le-Vieux-Caïman, le Grand Maître des eaux.

115 Et Samba-de-la-Nuit dit à Diassigue :

> *Rammal Diassigue !*
> *Toutti beutt !*
> *Santall moll mou djallè ma !*
> *(Rampe caïman !*
> *Aux petits yeux !*
> *Mande un pêcheur qui me passe !)*

120

– C'est encore toi, Samba-de-la-Nuit ? fit Diassigue, le père des caïmans. Où veux-tu encore bien aller ?

– Je vais tâcher de chercher femme pour ceux-ci.

125 – Monte ! dit Caïman en tendant son dos tranchant.

Les grandes eaux se calmèrent et Diassigue-le-Caïman, soufflant à leur surface, nagea jusqu'à l'autre rive et déposa Samba-de-la-Nuit et ses sept frères.

– Tu ne me retrouveras pas ici à ton retour, Samba, prévint Dias-
130 sigue-le-Caïman, je serai reparti vers les sources. Inutile de te dire de faire bien attention, surtout pour ceux-ci. Va tout droit ; plus loin, tu trouveras ce qu'ils cherchent, mais ne ferme ni l'œil ni l'oreille un seul instant quand tu trouveras ce qu'ils cherchent là où tu le trouveras. Souviens-toi aussi que le pagne[2], c'est la femme !

135 Samba-de-la-Nuit remercia longuement Diassigue-le-Vieux-Caïman, qui s'en retourna plonger dans le Grand Fleuve.

---

1. **Indigo** : bleu très foncé.   2. **Pagne** : pièce d'étoffe qui se porte autour des hanches.

Et Samba-de-la-Nuit s'en fut devant ses sept frères.

Ils marchèrent encore des jours et des nuits, des nuits et des jours et arrivèrent dans un pays nu et désolé, où ne poussaient ni herbe ni arbres.

Une haute et immense case, qu'entouraient, comme une poule ses poussins, sept cases, s'élevait jusqu'aux nuages, jusqu'au ciel.

Ce lieu est-il habité ? s'informa d'une voix qui montait jusqu'aux nues Samba-de-la-Nuit.

Une vieille, bien vieille, très vieille, plus que vieille femme, dont le menton touchait presque terre, appuyée sur un long bâton, apparut sur le seuil de la grande case et grogna :

– Que venez-vous faire par ici ? Qui vous a permis de fouler mes terres et le seuil de ma demeure ?

– Grand'mère, nous venons chercher femme, dit poliment Samba-de-la-Nuit.

– Des femmes ? Et quelles femmes vous faut-il ? demanda la vieille femme de sa voix grinçante.

– Nous voulons sept jeunes femmes, nées le même jour et de la même mère, expliqua Samba-de-la-Nuit.

Alors, la vieille femme battit des mains, de ses mains plus sèches que des fagots. Et, des sept cases qui entouraient la grande case, sortirent sept jeunes filles plus belles que l'éclat du soleil qui s'abîmait là-bas vers le couchant, vers les sables, vers la mer.

160 — Voici, dit la vieille femme, vos fiancées, vos futures épouses. Elles sont toutes de moi et toutes les sept dans la même nuit. Allez, filles, faites à manger à vos fiancés, à vos futurs époux.

Et les jeunes filles allèrent préparer le dîner, qu'elles portèrent dans la grande case où se trouvaient les sept frères, pendant que 165 Samba-de-la-Nuit fouinait de case en case après avoir recommandé à ses frères de creuser, chacun, un trou devant soi et d'y mettre tout ce qu'ils auraient tiré de la grande calebasse de couscous qui leur était offerte par les jeunes filles.

— Et toi ? demanda la vieille femme à Samba-de-la-Nuit, tu ne 170 vas pas manger avec les autres ?

— Moi ? Jamais ! répondit celui-ci.

— Et pourquoi ?

— Je mange toujours tout seul. Et seulement ce qu'il me faut manger.

175 — Et que te faut-il manger ? que ne te faut-il pas manger ? s'enquit la vieille femme.

— Ce qu'il me faut manger ? de la bouillie et pas de couscous, même accommodé avec la viande du plus beau bélier ou du plus beau taureau du plus beau troupeau du pays.

180 — Et quelle bouillie te faut-il donc ?

— De la bouillie dont il faut semer, avant le dernier rayon de soleil, un grain de mil rouge et que ce grain pousse,

> qu'on le fauche
> qu'on le batte
185 > qu'on le vanne

qu'on le pile
qu'on le tamise
qu'on le brasse
qu'on l'étuve
190   *qu'on le rebrasse*

et qu'on mouille la bouillie du lait d'une vache de sept ans qui a porté sept fois des génisses.

Et la vieille femme s'en fut semer un grain de mil rouge sur le sol aride de ses terres nues et désolées. Et le grain de mil poussa
195   à vue d'œil.

Elle faucha
Elle battit
Elle vanna
Elle pila
200   *Elle tamisa*
Elle brassa
Elle étuva
Elle rebrassa

et elle mouilla la bouillie du lait d'une vache de sept ans qui avait
205   porté sept fois des génisses.

Et Samba-de-la-Nuit déclara qu'il n'avait décidément plus faim.

Vint l'heure d'aller se coucher. La vieille femme ordonna à ses filles d'aller rejoindre, chacune, celui qu'elle avait choisi comme
210   fiancé. Et Samba-de-la-Nuit, de son côté, dit à ses frères de changer de vêtements et de prendre place au lit, chacun avec celle qui l'aura choisi.

– Et toi ? dit la vieille femme à Samba-de-la-Nuit, où vas-tu coucher ?

215   – Moi, Grand-mère, je coucherai dans ton lit, si tu le veux bien, comme cela se doit et comme tout petit enfant doit le faire.

Et les jeunes gens et les jeunes filles s'en allèrent se coucher dans la grande, dans l'immense case.

Longtemps après, la vieille femme et Samba-de-la-Nuit s'en
220 allèrent aussi se coucher dans la case qui était la plus proche de ce qui avait dû être la brousse et les champs qui n'existaient plus car même les chaumes du grain de mil rouge semé avant le crépuscule avaient disparu.

La vieille ronflait et Samba-de-la-Nuit ronflait encore plus fort.

225   La vieille femme se leva doucement, tout doucement et s'en fut derrière la case. Et un bruit s'éleva : crass ! crass !!! Samba-de-la-Nuit se leva aussi et, s'approchant de la vieille femme que regardait la lune curieuse, demanda :

Mame Daffane !

230   *Lô di dass ?*

(Grand-mère affectueuse

Qu'affûtes-tu donc ?)

La vieille femme était en train d'aiguiser un couteau long de trois coudées[1].

235   – Ce n'est que ce coutelas pour égorger le taureau que je servirai à déjeuner à mes hôtes ! Viens ! allons nous coucher.

Et ils s'en furent se coucher. Samba-de-la-Nuit et la vieille femme...

Et la vieille femme dormait – ou faisait semblant de dormir – et
240 ronflait – ou faisait semblant de ronfler. Samba-de-la-Nuit s'agitait, se tournait et se retournait sur le lit.

– Tu ne dors pas ? s'inquiéta la vieille femme.

– Non, je ne dors plus !

---

1. **Coudées** : une coudée mesure cinquante centimètres.

– Et pourquoi ne dors-tu plus ?

245 – Avec ce froid, comment dormir ? geignit Samba-de-la-Nuit.

– Et que te faut-il contre le froid ? s'enquit la vieille femme.

– Un grain de coton.

– Un grain de coton ? s'ahurit la vieille femme.

– Oui ! un grain de coton.

250
qu'on le sème
qu'on l'irrigue
qu'on l'inonde
qu'on la cueille
qu'on le carde[1]
255
qu'on le file
qu'on le tisse
qu'on le teigne

pour en faire une couverture pour mes pauvres pieds.

Et la vieille femme alla au champ au sol aride

260
sarcler
semer
émonder
cueillir
carder
265
filer
tisser
teindre

le coton dont elle fit une couverture qu'elle mit sur les pieds de Samba-de-la-Nuit.

270 Samba-de-la-Nuit dormait – ou faisait semblant de dormir –, et la vieille femme, son coutelas aiguisé s'en était allée dans la

---

1. **Qu'on le carde** : qu'on le peigne, le démêle.

grande case et avait coupé le cou à tout ce qui gisait[1] du côté gauche sur les lits et était vêtu de pagnes.

Elle s'en revint et s'endormit des fatigues d'une si longue et
275 rude journée.

La terre était froide, le premier coq n'avait pas encore chanté. Samba-de-la-Nuit alla réveiller ses frères auprès desquels gisaient, têtes coupées, les filles de la vieille femme. Il les fit sortir de la grande case, des terres arides où séchaient les tiges de cotonniers,
280 après avoir arraché, sans qu'elle fît un mouvement, le pagne de la vieille femme.

Et le premier coq chanta.

Samba-de-la-Nuit et ses frères étaient loin, loin vers le Grand Fleuve quand la vieille femme découvrit sur les lits, ses sept filles
285 avec les têtes coupées. Son rugissement s'entend encore les soirs d'orage ! Elle s'en fut sur les traces de Samba-de-la-Nuit et de ses frères.

Et tout tourbillonnait
Et tout brûlait sur son passage
290 *Et tout tremblait*
Et tout frémissait !
Et la vieille femme marchait, courait, volait.
Et tout tremblait
Et tout frémissait
295 *Et tout brûlait sur son passage*
Et tout tourbillonnait !!!
Elle marchait, elle courait, elle volait.

Elle vola si loin qu'elle dépassa Samba-de-la-Nuit et ses sept frères, qui se reposaient à l'ombre noire et fraîche d'un tama-
300 rinier. Et des Thioyes, des Perroquets, les plus rapporteurs des

---

1. Gisait : était étendu, couché.

oiseaux, lui dirent qu'ils avaient dépassé, sur leur chemin, des jeunes gens et un enfant qui couraient vers l'ouest.

La vieille femme s'arrêta au flanc du sentier, enfonça des racines dans la terre et se transforma en jujubier. Ses fruits étaient
305 jaunes, rouges, juteux apparemment quand Samba-de-la-Nuit et ses frères arrivèrent à son pied. L'un des frères tendait déjà la main pour cueillir des fruits quand il se souvint de l'amertume des jujubes de l'arbre qu'ils avaient rencontré à leur voyage d'aller. Samba-de-la-Nuit lui avait saisi d'ailleurs le bras.

310 – Mais tu n'étais pas ici, jujubier, quand nous sommes passés il y a sept jours, dit Samba-de-la-Nuit.

Et l'arbre se mit aussitôt à flétrir comme si tout un peuple souterrain de termites avait rongé ses racines.

Et, Samba-de-la-Nuit devant ses frères, ils s'en allèrent encore
315 sur le chemin du retour. Derrière eux, les vents se levaient, les sables tourbillonnaient, les arbres frémissaient, les buissons tremblaient et le ciel était noir !

Devant eux, soudain, caracolaient et piaffaient sept chevaux blancs tout harnachés de soie et d'or.

320 – Tiens ! fit Samba-de-la-Nuit, il n'y avait pas d'écurie par ici quand nous sommes passés il y a douze jours.

Il fit claquer la longue liane qu'il avait arrachée d'une haie, et les sept étalons disparurent.

Et ils s'en furent, courant toujours vers l'ouest.

325 Derrière eux, sur les tourbillons, la vieille femme accourait. Samba-de-la-Nuit l'entendit souffler et crier. Elle soufflait et crachait du feu.

Ils approchaient du Grand Fleuve. Ils étaient sur la berge du Grand Fleuve quand la vieille femme rugit :

330 – Tu ne m'échapperas pas !

Mais Samba-de-la-Nuit prit le pagne qu'il avait volé à la vieille femme et l'étendit sur le Grand Fleuve. Et les eaux du Grand Fleuve s'écartèrent et Samba-de-la-Nuit et ses frères passèrent entre les grandes eaux, qui se refermaient derrière eux.

335 Ils s'en allèrent des nuits et des jours, des jours et des nuits.

Ils arrivèrent au village et rentrèrent dans la maison. Au milieu de la cour, s'élevait un tamarinier tout droit et tout vert.

Et depuis quand est-il né, celui-là, demanda Samba-de-la-Nuit.

– Depuis l'aube, dit Kouma-la-Mère. Et il a poussé comme toi
340 à vue d'œil.

– Ah ! depuis ce matin ? dit Samba-de-la-Nuit. Et poussé comme moi ?

Et il s'en fut chercher la plus vieille des haches, celle qui était tout ébréchée et rouillait chaque jour davantage sur le tas d'or-
345 dures, n'ayant plus servi depuis on ne savait plus combien de temps. Et s'acharnant sur le pied du tamarinier,

> *Weng si wélèng !*
> *Sa wéleng weng !*
> *La vieille, tu mourras !*

350 Les feuilles frémissaient, le tronc tremblait, les racines cra-
quaient.

> *Weng si wélèng !*

Et quand le tamarinier toucha terre dans un immense fracas et un hurlement qui s'entend encore les nuits d'orage, on trouva,
355 tour recroquevillé, le cadavre de la vieille femme aux sept filles, de la sorcière.

In Birago Diop, *Les Nouveaux Contes d'Amadou Koumba*,
© Présence africaine, 1961.

Les Prêtres
et les Trois Questions

CONTE ORIENTAL

– Une lettre pour toi, Djeha-Hodja Nasreddin Effendi ! dit le messager du maire en remettant une feuille à Djeha-Hodja Nasreddin étonné.

– Une lettre ? Pour moi ? Djeha-Hodja Nasreddin regarda fixement l'enveloppe et la tourna et retourna dans sa main. Une lettre était chose rare en ces temps où peu de personnes savaient lire et écrire. Heureusement, Djeha-Hodja Nasreddin était un de ceux qui avaient appris à lire.

– Bien, lis-la maintenant ! lui dit Kalima qui avait, par pudeur, hâtivement baissé un voile sur son visage quand le messager s'est approché.

– Oui, lis-la ! dit le messager, qui a regretté son ignorance tout le temps qu'il portait cette lettre.

Djeha-Hodja Nasreddin s'est éclairci la gorge et s'est mis à lire :

« Trois prêtres voyageant ensemble, des savants, visitent actuellement Ak Shehir¹. Ils ont des questions à poser à nos hommes les plus sages. Vous devez venir à un banquet organisé en leur honneur ».

1. **Ak Shehir** : la ville de Turquie où vit Nasreddin.

Encore un conte où la symbolique des chiffres est très présente : « trois » est le chiffre de la perfection, comme le « sept ».

20 Ce que fit Djeha-Hodja Nasreddin qui enfourcha son âne et se dirigea vers la maison du maire, suivi par le messager. Il constata que l'épreuve de sagesse devait se tenir avant le banquet. C'était bien, car il pourrait somnoler après le repas et il se devait de rester éveillé pour affronter les étrangers.

25 – Donc, voici le savant Djeha-Hodja Nasreddin ? dirent les trois prêtres, en le regardant attentivement.

– Je poserai la première question, dit un des prêtres. Où est le centre de la terre ?

Avec l'orteil de sa chaussure usée, Djeha-Hodja Nasreddin
30 indiqua la trace laissée par le sabot de son âne.

– Le centre de la terre, dit Djeha-Hodja Nasreddin, est exactement sous le sabot de mon âne.

– En êtes-vous certain ? demanda le prêtre.

– Oh ! Je le suis, dit Djeha-Hodja Nasreddin en haussant les
35 épaules. Bien sûr, si vous en doutez, vous n'avez qu'à le mesurer. Si votre mesure montre que le centre de la terre est, ne serait-ce que d'un pouce, éloigné de l'endroit que je vous ai indiqué, je saurai que vous êtes plus grand savant que moi.

Le prêtre regardait toujours la trace laissée par le sabot de l'âne.
40 Il haussa les épaules et fit signe au prêtre suivant de prendre son tour.

– J'ai une question, dit le deuxième prêtre. Combien d'étoiles brillent dans le ciel ?

– Il y a autant d'étoiles dans le ciel, dit Djeha-Hodja Nasreddin,
45 qu'il y a de poils sur mon âne.

– Comment le savez-vous ?

– Oh ! C'est juste une des choses que je sais. Bien sûr, si vous doutez de mon propos, vous pouvez compter les étoiles dans le

ciel et compter les poils sur mon âne. S'il y a une étoile ou un
50 poil en plus ou en moins, tout Ak Shehir saura que vous êtes
beaucoup plus sage que moi.

Le deuxième prêtre haussa les épaules et fit signe au troisième
prêtre que c'était son tour. Le troisième prêtre était le plus important d'entre eux. Son turban était le plus grand. Sa barbe était la
55 plus fournie. Son expression était la plus suffisante[1].

– J'ai une question très simple à vous poser, Djeha-Hodja
Nasreddin Effendi, dit-il. Combien de poils y a-t-il dans ma
barbe ? Il caressa fièrement sa longue barbe poivre et sel.

– Oh ! C'est une question simple, répondit Djeha-Hodja Nasred-
60 din. Il y a autant de poils dans votre barbe qu'il y a de poils dans
la queue de mon âne.

– Comment être aussi sûr ? demanda le prêtre.

– Bien sûr, vous avez le droit de douter de mon propos, dit
Djeha-Hodja Nasreddin. Dans ce cas, vous enlèverez un poil de
65 la queue de mon âne pendant que j'en enlèverai un de votre menton. Si dans la queue de l'âne, il reste un seul poil après que votre
barbe sera épilée ou si, dans votre barbe, il reste un seul poil
après que la queue de mon âne sera épilée, vous pourrez dire que
vous en savez plus que Djeha-Hodja Nasreddin.

70 Caressant sa barbe, le prêtre abandonna et rejoignit la foule. Et
Djeha-Hodja Nasreddin s'est alors demandé quand le banquet
allait commencer.

Source Internet : http://ahama.9online.fr//histoires.htm

---

1. **Suffisante** : pleine d'autosatisfaction, de vanité.

Le Taureau de Bouki

SÉNÉGAL

Pour Sédar Senghor
(avec un Riti[1])

Bouki n'avait pas daigné dire où il avait trouvé le beau taureau qu'il tirait au bout d'une corde.

Il avait tout simplement ordonné à Leuk-le-Lièvre, qu'il avait trouvé, au milieu du sentier, en train de sécher son corps couvert
5   de rosée :

– Accompagne-moi●. Et cours derrière celui-ci pour chasser tout ce qui pourra se présenter et que sa longue queue ne peut atteindre : mouches, abeilles, guêpes, oiseaux. Je ne veux que personne y touche. Et toi, regarde-le le moins souvent possible.
10 Tu pourrais, par tes gros yeux si avides[2] et si gourmands, si goulus[3], lui faire fondre la graisse de ses beaux fessiers !

Et Leuk-le-Lièvre avait suivi, trottinant derrière Bouki et son bien à quatre pattes. Il n'en pouvait plus de crier, de siffler, de chanter pour chasser tout le cortège ailé qui suivait le trio :
15 oiseaux, guêpes, abeilles, mouches et même moustiques.

Les moustiques n'avaient pas suivi bien loin, ni bien longtemps, car, depuis toujours, Yoh-le-Moustique et ses congénères

---

1. **Riti** : violon traditionnel à une seule corde.
2. **Avides** : gloutons.
3. **Goulus** : gloutons.

● Le thème du voyage, comme dans la plupart des contes de la sélection, est important. Le voyage constitue un parcours initiatique que le héros va accomplir.

n'ont jamais pu s'éloigner de l'eau, et les mares, les marigots[1],
les ruisseaux, les rivières et aussi le Grand Fleuve étaient loin
20 derrière Bouki-l'Hyène, son bien et Leuk-le-Suivant.

Les abeilles avaient trouvé des herbes, des arbres, des fleurs,
dont l'écran de parfums, montant sur la rosée qui s'évaporait
depuis le matin les avait retenues.

Les guêpes s'en étaient retournées vers des terres où les fruits
25 juteux étaient déjà mûrs ou mûrissants.

Les oiseaux avaient vainement cherché, sur la peau tendue et
luisante du magnifique taureau, des poux ou des tiques à picorer.
Effrayés par la chanson que Leuk-le-Lièvre accompagnait de ses
bonds derrière le taureau et en les visant avec un fusil imaginaire :

30 *Feur ! Feurré !*
Feur ! Feurramm !
Feur ! Feurré !
Djam nâ deughé !
N'Djammal Leuk njaw na !
35 *(Volez ! voletez !*
Volez à tire-d'ailes !
Volez ! voletez !!!
Volez à tire-d'ailes !
Je touche à tous coups !
40 *Le tir de Lièvre est terrible !)*

ils s'en retournèrent, eux aussi à tire-d'ailes vers les champs de
riz et le mil, récoltés ou non.

Seules les mouches harcelèrent encore Leuk-le-Lièvre, le taureau et Bouki-l'Hyène un long bout de temps. Puis, comme les
45 autres, lasses de voleter, de bourdonner devant, derrière et au-
dessous et au-dessus des trois voyageurs, elles rebroussèrent

1. **Marigots** : marais, bras morts d'un fleuve.

chemin ou firent semblant de s'en retourner à la recherche de proies moins diligemment[1] surveillées.

-:-

– Oncle Bouki, fit Leuk-le-Lièvre, le soleil rentre chez lui et il
50 n'y a plus l'ombre d'une mouche, d'une seule mouche entre ciel et terre. Si ce n'est que la peur de ces parasites qui nous fait venir jusqu'en ces lieux...

– Encore plus loin ! coupa Bouki-l'Hyène en tirant sur la corde du taureau.

55 Le soleil s'était couché. La nuit était venue.

Leuk-le-Lièvre, tout en trottinant derrière le taureau, qui suivait Bouki-l'Hyène, sortit, de sa besace, qui lui battait le flanc gauche, son violon monocorde, son *Riti* et son archet. Et celui-ci, tirant de celui-là trois notes bien graves, Leuk se mit à chanter :

1. **Diligemment** : avec soin.

60 *Bouki N'Djour ô ! N'Djour !*
Kaye malakhassal là !
Yowe dall ! mane dall vâye !
Tji dighoumanding mi !

Bouki s'arrêta net et tira sur la corde, qui tira sur le mufle du
65 taureau effrayé. La lune s'était levée.

– Chante encore ta chanson ! demanda Bouki en esquissant un
pas de danse.

Et Leuk-le-Lièvre fit courir à nouveau son archet en crin de che-
val sur la calebasse tendue de peau de lézard.

70 *Bouki N'Djour ô ! N'Djour !*
Donne que je te l'attache ;
Toi seul ! Moi seul !
Au milieu de la savane !

– Tu as raison, nasilla Bouki, nous sommes seuls, bien seuls
75 maintenant. Tiens-moi celui-ci, attache-le à cet arbre. Je vais chercher du bois mort. Ne bouge pas du pied de l'arbre sous aucun pré-
texte, et qu'aucune mouche n'en approche. Et chante et joue sur
ton violon pour que je t'entende même de très loin, du plus loin !

Et Bouki-l'Hyène s'en fut, dans la nuit, chercher du bois mort.

80 Leuk-le-Lièvre racla un moment son violon monocorde, puis
s'attacha, au poignet gauche, la corde du taureau, et tous deux s'en
allèrent vers l'ouest alors que Bouki se dirigeait vers le levant.

Yeuk-le-Taureau aussi innocent qu'au jour de sa naissance, se
laissait bercer, lui aussi, au son de la musique et du chant de
85 Leuk-le-Lièvre, qui trottinait maintenant devant lui en raclant son
violon et qui le tirait par la corde attachée au poignet gauche de
celui-ci et à son mufle.

Fatigué de trottiner Leuk-le-Lièvre grimpa sur le dos de Yeuk-le-
Taureau, qu'il excitait avec sa musique et ses chants :

90
Njakk bopp ak dê yeum !
Kou hammoul bopp
Dô khamm fô djèmm !
Mô lou bidjaw djérigne ?
(Manquer de tête vaut la mort !
95
Qui n'a pas de tête
Ne sait où il va !
Mais à quoi servent les cheveux blancs ?)

Tous deux firent un long, un très long chemin sous le regard de la lune qui, toujours vieille curieuse, se demandait où pouvaient
100 bien aller ces deux-là et ce que, loin derrière eux, pouvait bien faire Bouki-l'Hyène avec le gros fagot de bois mort, qui lui pesait sur les reins déjà bien infléchis.

Et Leuk-le-Lièvre entendit, d'abord de loin, puis plus près, s'approchant, les hurlements de Bouki-l'Hyène, qui soufflait et s'in-
105 quiétait :

– Leuk ô ! Leuk ! où peux-tu bien être avec mon bien ?

Puis la voix de Bouki s'approcha encore :

– Où peux-tu bien te cacher, enfant de malheur ?

Leuk-le-Lièvre arrêta sa monture, descendit, s'arrêta et arrêta
110 Yeuk-le-Taureau au pied d'un arbre et l'attacha.

Et Bouki arriva avec son fagot, qu'il jeta aux pieds de l'arbre, de Leuk et du taureau, et interrogea :

– Pourquoi n'es-tu pas resté à l'endroit où je vous avais laissés ?

– Comment ne suis-je pas resté à l'endroit où tu m'avais laissé ?
115
Kholl ma nadjaye ! Kholl ma !
Khollal gouye ghi !
Khollal sa yeuk wi !
Té kholl wère wi !

Djog gou fi !
120 *(Regarde-moi, mon oncle ! Regarde-moi !*
Regarde l'arbre !
Regarde ton taureau !
Regarde surtout la lune
Elle n'a pas bougé !)

125 — Tu as raison, nasilla Bouki-l'Hyène. J'ai dû faire plus de chemin que je ne pensais.

— Attends-moi ici et tiens bien celui-ci. Je vais aller chercher
une marmite assez vaste et assez profonde pour le contenir, lui,
ses pattes et sa grosse tête. Et continue à chanter parce que tout à
130 l'heure je ne t'entendais plus très bien.

— C'est parce que tu as été trop loin, comme tu l'as reconnu
toi-même, mon Oncle.

— C'est fort possible, grogna Bouki qui s'en alla pendant que
Leuk-le-Lièvre raclait son violon et se remettait à chanter.

135 *Bouki N'Djour ô ! N'Djour !*
Donne que je te l'attache ;
Yowedall ! mane dall vâye !
Tji dighou mandinng mi !

Puis Leuk détacha Yeuk-le-Taureau qui mâchonnait et rumi-
140 nait toujours au rythme du Riti. Il remonta sur le bien de Bouki-
l'Hyène. Ils firent un grand crochet et prirent le chemin de la
demeure de Leuk-le-Lièvre. Yeuk-le-Taureau trotta encore très
longtemps.

Ils entendirent loin, très loin, les hurlements de Bouki qui
145 interrogeait :

— Leuk ô ! Leuk ! Où peux-tu bien être avec mon bien, enfant
de malheur ?

Leuk descendit de sa monture et ils attendirent, tous deux, au pied d'un arbre, Bouki, qui les rejoignant avec une immense marmite sur le dos, s'emportait :

– Pourquoi n'es-tu pas resté à l'endroit où je vous avais laissés ?

– Comment ? s'étonna Leuk-le-Lièvre. Ne suis-je pas toujours à l'endroit où tu m'avais laissé ?

Regarde-moi, mon oncle ! Regarde-moi !

Regarde l'arbre !

Regarde ton taureau !

Regarde surtout la lune

A-t-elle bougé celle-là ?

– Tu as raison, reconnut Bouki-l'Hyène. Elle n'a pas bougé. Attends-moi ici et tiens bien celui-là. Je vais aller chercher du feu.

Et Bouki repartit chercher du feu pour cuire Yeuk-le-Taureau, qu'il avait volé on ne savait encore à qui ni où.

Leuk-le-Lièvre, chantant et jouant du violon, enfourcha à nouveau le taureau :

Manquer de tête vaut la mort !

Qui n'a pas de tête

Dô soré yonne !

Mô lou bidjaw djérigne ?

Qui n'a pas de tête

N'ira pas bien loin !

Mais à quoi servent les cheveux blancs ?

Et ils s'en allèrent encore plus loin – ou plus près – puisqu'ils approchaient, à chaque pas, de Sénène, où demeuraient, depuis toujours, tous les lièvres.

Très loin, loin, ensuite plus près, Bouki-l'Hyène hurla :

– Leuk ô ! Leuk ! Où peux-tu bien être avec mon bien, enfant de malheur ?

– Je suis toujours ici où tu nous avais laissés, mon Oncle, cria Leuk-le-Lièvre, qui avait quitté le dos du taureau et s'était assis au pied d'un arbre.

– Pourquoi n'es-tu pas resté où je t'avais laissé avec celui-ci ?

– Mais c'est bien ici que tu nous avais laissés, mon Oncle !

– Hum ! Hum ! douta du nez Bouki-l'Hyène.

– Mais c'est bien vrai, affirma encore Leuk.

Regarde-moi, mon oncle ! Regarde-moi !

Regarde l'arbre !

Regarde ton taureau !

Regarde surtout la lune

N'est-elle pas au même endroit ?

– En effet, reconnut Bouki, elle est toujours au-dessus de nos têtes, cette curieuse. Je me demande ce qui peut bien l'intéresser de mes affaires.

Bouki mit entre trois pierres la braise qu'il avait portée sur un tesson de canari, jeta une brassée de bois mort sur la braise et se mit à souffler sous la marmite, qui était posée sur les trois pierres. Le feu prit, les flammes jaillirent plus haut que la marmite.

– Chasse les mouches, s'il y en a encore, ordonna Bouki.

– Mais il n'y en a plus une seule, mon Oncle. Dans ce pays, les mouches ne volent pas la nuit, expliqua Leuk-le-Lièvre.

– C'est bon, mon neveu, c'est bien ! Je te remercie de ton dévouement, je te remercie de m'avoir si bien gardé mon bien. Tu peux partir maintenant. Je suis assez grand, je suis assez vieux, je suis assez fort pour m'occuper de tout ce qui reste à faire, pour m'en occuper tout seul.

Et prenant un gros gourdin, il battit la mesure sur le ventre de sa marmite.

> *Mannako réyye mane kène !*
> *Manna ko fèss mane Kène !*
> *Manna ko tinkhi mane khène !*
> *Mamna ko regheul mane kène !*
> *(Je peux le tuer tout seul !*
> *Et le dépouiller tout seul !*
> *Et le dépecer tout seul !*
> *Je peux le cuire tout seul !)*

– Comment, mon Oncle ? s'étonna Leuk-le-Lièvre, tu me chasses maintenant, après tout ce que j'ai fait pour toi. Je t'ai accompagné jusqu'ici, je t'ai si bien gardé ton taureau, que tu l'as reconnu toi-même, et Dieu sait que...

– Qu'as-tu l'air d'insinuer, insolent ? Sauve-toi vite !

– Mais, mon Oncle ! insista Leuk-le-Lièvre qui suppliait, tu sais bien que je pourrais me contenter de regarder brûler le feu et respirer simplement le fumet qui s'élèvera de la marmite ?

– Tu ne te contenteras pas de regarder seulement mon feu avec tes yeux si gourmands et si goulus. Je ne tiens pas à ce que tu me prennes le fumet de ma cuisine. C'est ce qu'il y a de meilleur dans un mets, tu le sais bien, petit malin ! Va-t-en loin d'ici !

– Mais, mon Oncle, je risque de me perdre dans la nuit !

– Tu demanderas ton chemin à Wère-la-Lune, elle est là pour tout le monde et elle est plus vieille que nous tous.

Le gourdin rythma encore le chant de Bouki :

> *Je peux le manger tout seul !*
> *Manna ko lekk mane kène !*

Puis se leva, menaçant sur le râble[1] de Leuk-le-Lièvre, qui préféra détaler sans en demander davantage.

-:-

Leuk-le-lièvre ne s'en alla pas loin, bien loin, car il était tout près de sa demeure et de celles de ses congénères, que les hurlements de Bouki-l'Hyène à la quête de son bien et du conducteur de son bien avaient fait se terrer au plus profond de leurs trous.

Il tira quelques notes de son violon monocorde, puis se mit à gémir en même temps que le riti sous l'archet.

> *Bouki, nakhna Leyk sène !*
> *Bouki dakhna Leuk sène !*
> *Ghâyi sénène Djokk lène !*
> *(Hyène a trompé Lièvre Sène !*
> *Hyène a chassé Lièvre Sène !*
> *Ceux de Sénène, levez-vous !)*

Et le long de la sente, à sa voix geignarde et au son de la musique pleureuse, pointaient les têtes des gens aux grandes oreilles, non encore tout à fait rassurés cependant.

– Portez aussi vos gros tam-tams, ordonna Leuk-le-Lièvre.

Et les Lièvres portèrent les gros tam-tams.

Sur les peaux tendues des tam-tams, Leuk fit monter les jeunes lièvres et les moins jeunes, à qui il donna l'ordre de courir. Et les petits lièvres se mirent à courir sur les peaux des tam-tams, et leurs petits pas faisaient un bruit immense et sourd comme le piétinement lointain d'un troupeau innombrable.

Leuk laissa les jeunes courir sur les peaux des tam-tams et les vieux secouer leurs longues oreilles.

---

1. **Râble** : bas du dos, des côtes à la naissance de la queue.

260   Et l'on entendit un immense troupeau qui descendait vers le Grand Fleuve comme aux années où la terre buvait, en l'espace d'un jour, toutes les eaux du Nord, puits, mares et marigots.

    Leuk s'en fut derrière un arbre, pas très loin de Bouki-l'Hyène, de son feu et de sa marmite, où bouillait le taureau dépouillé et 265 dépecé.

    Bouki-l'Hyène attisait le feu et humait le délicieux fumet de sa cuisine quand il entendit un bruit sourd et lointain et, plus près de lui, beaucoup plus près, la voix d'un violon et un chant :

> *Bouki N'Djour khamball !*
> 270 *M'Bar same mou m'Bâr*
> *Khamball !*
> *Nag yâ nghâ djoqhé Pinkou*
> *Té Paté Diambar angha tja*
> *(Bouki N'Djour attise !*
> 275 *M'Bar berger de forge*
> *Attise !*
> *Les bœufs arrivent du levant*
> *Et Paté le Brave est avec eux !)*

    Qui pouvait donc bien l'appeler par son vrai nom de famille. 280 N'Djour, par son petit nom, M'Bar, pour ensuite se moquer de lui en le traitant de berger de forge et le comparer à Teug-le-Forgeron, qui ne quitte pas le feu de son atelier, de son m'bar[1] et qui enfin l'avertissait d'un danger bien réel ?

> *Les bœufs arrivent du levant*
> 285 *Et Paté Diambar est avec eux !*

    Car les battues des pas des bêtes se faisaient de plus en plus fortes, de plus en plus distinctes ; et le clap-clap des savates de leurs bergers s'entendait plus bruyant, plus claquant.

---

1. **M'bar** : atelier d'un forgeron.

Il dressa l'oreille :

> *M'Bar berger de forge*
> *Bouki N'Djour attise !*
> *Attise !*

Puis il se redressa :

– Il me semble reconnaître ta voix agréable, Oncle Leuk, nasilla-t-il, et aussi la douce voix de ton espiègle riti.

Et Riti, le violon monocorde, prévenait toujours :

> *Nag yâ ngha djoghé Pinkou*
> *Et Paté le Brave est avec eux !*

Bouki courut vers l'arbre d'où venait le chant et le crincrin du violon.

– Reviens, Oncle Leuk ! Reviens Sène, mon Oncle ! Reviens me surveiller le feu, la marmite et cette viande. Il faut que je m'absente encore. Il faut que j'aille chercher du sel là-haut sur le chemin des chameaux. Va goûter, c'est aussi fade que du foie de chien refroidi. La viande manque de sel !

Et Bouki s'en fut loin...

Loin vers le couchant, fuyant Paté Diambar, le berger, à qui il avait bel et bien volé le taureau et qui, lui était, avec ses bêtes et les siens, là-bas dans le sud, sur les bords du Grand Fleuve.

Leuk-le-Lièvre et les siens jouèrent, dansèrent et chantèrent tout le reste de la nuit et tard dans la matinée, jusqu'à ce que le soleil eût séché la rosée sur les sentes.

Ils jouèrent, chantèrent et dansèrent autour du feu, de la marmite et de la viande de Yeuk-le-Taureau, dont ils avaient privé Bouki-l'Hyène pour le punir simplement de sa cupidité et de sa mauvaise foi.

In Birago Diop, *Les Nouveaux Contes d'Amadou Koumba*,
© Présence africaine, 1961.

Le Lièvre, le Chacal, la Belette et le Singe

CONTE DU BOUDDHISME

Ce conte est un Jataka[1]. Le Lièvre sera le Bouddha et ses trois amis seront Ananda, Shaliputra et Maugdalalayana[2]. De plus, il illustre la générosité la plus grande qui consiste à donner sa vie.

Dans ce temps-là, de tous les animaux de la forêt, le plus gentil
5 était le lièvre. La fée de ces bois aimait à le voir courir dans la rosée. Elle admirait sa silhouette à la fois forte et élégante. Elle l'écoutait dire un mot affectueux à chacun. La fée savait tout ce qui se passait dans la forêt. Elle entendait ce qui se disait même entre l'arbre et l'écorce, même sous les herbes. En fait, elle connaissait
10 les pensées de tous les animaux au moment même où ils les pensaient. Ainsi, elle était au courant du fait que chaque soir le lièvre retrouvait ses trois meilleurs amis, la belette, le chacal, le singe. Chacun racontait ce qu'il avait vu ou entendu ou fait pendant la journée. Un soir, comme chaque soir, les quatre amis étaient
15 réunis et le lièvre dit :

– Demain, nous devrions garder la nourriture que nous trouverons et la donner à plus pauvre que nous.

Le chacal, la belette et le singe approuvèrent avec joie.

---

1. **Jataka** : récit qui rapporte les vies antérieures du Bouddha.
2. **Ananda, Shaliputra et Maugdalalayana** : trois compagnons du Bouddha.

● On retrouve ici la symbolique du chiffre « trois », partout présente dans les contes, comme celle du chiffre « sept ».

Le Lièvre, le Chacal, la Belette et le Singe, <small>CONTE DU BOUDDHISME</small>

Dès le petit matin, chacun partit de son côté chercher des choses bonnes à manger. Son chemin conduisit le chacal devant une
hutte. Il n'entendit pas un bruit. Il se faufila à l'intérieur. Il vit
un plat avec de la viande cuite et un bol avec du lait caillé. Il cria
bien fort :

– À qui est cette viande ? À qui est le caillé[1] ? Il prêta l'oreille.
Personne ne répondait, alors il cria encore deux fois :

– À qui est cette viande ? À qui est le caillé ?

Et puisque personne ne les réclamait, il les emporta chez lui.
Il pensait :

« Je pourrais manger cette viande qui sent délicieusement bon,
je pourrais boire ce caillé. Mais non, je m'en prive pour le donner.
Quel bon chacal je suis ! »

La belette trottina au long de la rivière. Dans le sable de la
berge, elle dénicha des poissons qu'un pêcheur venait d'y cacher.
Elle l'aperçut, entré dans l'eau jusqu'aux genoux. Elle cria :

– À qui sont ces poissons ?

Mais l'homme n'entendait que le murmure de la rivière. Elle
demanda encore deux fois :

– À qui sont ces poissons ?

Sans réponse, elle prit les poissons enfilés par les ouïes sur une
branche de saule et rentra dans sa maison. Elle pensait :

« Dire que je pourrais manger des poissons tout frais pêchés.
Au lieu de m'en régaler, je vais les donner. Quelle bonne belette
je suis ! »

Le singe bondit d'arbre en arbre jusqu'aux confins de la montagne et découvrit un grand manguier couvert de fruits mûrs. Il
cueillit autant de mangues qu'il pouvait en porter et revint à son
domicile. Il pensait :

1. **Caillé** : lait caillé, dont une partie a coagulé, durci.

« Je pourrais manger ces fruits exquis, mûrs à point. Mais non, je m'en prive. Quel bon singe je suis ! »

50 Cependant le lièvre n'avait rien trouvé. Rien que des herbes dures et des feuilles sèches.

Le soir tomba, l'obscurité s'étendit sur la forêt. Les premières étoiles parurent.

« Moi, je n'ai rien à donner », pensait le lièvre avec tristesse.

55 La fée de la forêt se transforma en un pauvre homme habillé de haillons, courbé sur un bâton. Quand elle arriva ainsi déguisée devant le logis du chacal, la pleine lune se levait.

– Pauvre homme, dit le chacal, entre chez moi et mange à ta faim. Voici de la viande et du lait caillé.

60 – Garde-les-moi, répondit la fée, je vais revenir.

Elle parvint devant le domaine de la belette qui l'invita :

– Entre et régale-toi avec mes beaux poissons.

– Garde-les-moi, je vais revenir, dit la fée.

Elle arriva devant la maison du singe qui lui dit :

65 – Entre pauvre homme et accepte ces mangues...

– Garde-les-moi, répondit la fée, je vais revenir !

À présent, la pleine lune s'élevait au-dessus des bois ; de sa rondeur parfaite, la clarté s'écoulait comme du lait.

Le lièvre aperçut le faux mendiant et se leva :

70 – Ami, lui dit-il, je n'ai rien à te donner. Rien que moi-même. Rassemble des brindilles et des branches, dresse-les pour faire un feu. Quand les flammes crépiteront, je m'y jetterai et tu pourras, ce soir, manger la chair d'un lièvre.

Quand le feu fut allumé, le lièvre prit son élan et bondit au 75 milieu du brasier.

– Mais que se passe-t-il, s'écria-t-il. Ce feu ne me brûle pas ! Ces étincelles sont comme les gouttes d'eau d'une cascade.

La fée abandonna son aspect de vieil homme et parut dans toute sa splendeur*.

80   – Elles ne te brûleront pas, petit lièvre. Ces flammes sont magiques. Tu m'as donné ce que chacun de nous a de plus cher, de plus précieux, sa propre vie. C'est la plus grande des bontés. Et je veux que sur terre on garde à jamais le souvenir de ta générosité.

85   La fée saisit un brandon[1] dans le foyer. Elle se releva, s'étira, le bras tendu. Elle grandit, grandit, jusqu'à pouvoir toucher le disque étincelant de la lune, et elle y dessina la silhouette forte et élégante du lièvre.

Depuis ce temps, à chaque nuit de pleine lune, on peut voir les
90 deux longues oreilles du lièvre, son corps prêt à bondir, et nous rappeler sa bonté.

In Thalie de Molènes, *17 contes du bouddhisme*,
© Castor Poche, Flammarion, 2000.

1. **Brandon** : bois enflammé.

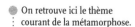 On retrouve ici le thème courant de la métamorphose.

Illustration de Gustave Doré (1832-1883) pour le frontispice des Contes de Perrault (1862).

LE DOSSIER

Contes d'ici et d'ailleurs

Le conte, un genre littéraire

D'où viennent les contes ?

Les contes sont des récits souvent centenaires ou même millénaires qui ont d'abord été transmis de façon orale par des gens du peuple ou par des conteurs professionnels. Ces histoires ont été fixées par écrit, pour être conservées et parce que le conte est devenu un genre littéraire à part entière. Ainsi, aujourd'hui encore, des écrivains récrivent des contes classiques ou font de l'écriture de contes originaux leur activité littéraire principale.

● **UNE TRADITION ORALE**

De cette tradition orale, encore vivante surtout en Afrique et en Asie, nos récits gardent des traces :

– l'anonymat : plusieurs contes de notre livre ne portent pas de nom d'auteur ;

– des formules figées qui ouvrent les contes ou en jalonnent le parcours : la répétition d'une même formule ou bien d'un même schéma narratif* (une même épreuve répétée plusieurs fois) devait permettre au conteur de mieux mémoriser son récit ;

– des variantes d'un même conte, aussi bien dans un même pays que d'un pays à l'autre. Car les contes voyagent et on trouve, par exemple, un *Petit Chaperon rouge* chinois.

La Dobromila tchèque de notre recueil ressemble beaucoup à Cendrillon ; Samba-de-la-Nuit a des allures de petit Poucet. En effet, les contes puisent bien souvent à la source des mythes, que l'on retrouve d'une civilisation à l'autre. Nasreddin est un parfait exemple de ces voyages, on le retrouve partout, sous des noms différents, de la Turquie jusqu'à la Chine ou l'Inde.

● UN GENRE LITTÉRAIRE

Issus d'une tradition orale, témoignage d'une sagesse populaire et d'un art millénaire, les contes finissent, à un moment, par se retrouver couchés par écrit. Au XVIIᵉ siècle, en France, avec Perrault, auteur de *Riquet à la houppe* et d'autres contes, le conte de fées devient un genre littéraire à part entière et une mode. Mode qui favorisera, au XVIIIᵉ siècle, la traduction des *Mille et Une Nuits*. Au siècle suivant, les frères Grimm se lanceront à leur tour dans la collecte des récits populaires qui forment la matrice de leurs fameux *Contes*.

Les plus anciennes traces écrites de contes ont été découvertes en Mésopotamie ou en Égypte. La Bible, ensemble de livres qui contient toutes sortes de genres littéraires, propose de nombreux récits sous la forme de contes : l'histoire de Jonas, celle de Samson et Dalila, le fameux jugement du roi Salomon, par exemple, pour la Bible hébraïque ; les paraboles évangéliques, pour le Nouveau Testament.

● LE CONTE AUJOURD'HUI

Notre époque continue de s'intéresser aux contes et des écrivains, des compilateurs persistent, heureusement, à y trouver l'aliment d'une sagesse. On connaît déjà le couple Soupault ou le Sénégalais Diop, mais bien d'autres écrivains, fidèles à la tradition selon laquelle un conte peut avoir de nombreuses versions différentes, récrivent des contes classiques. D'autres encore ont fait de l'écriture des contes une de leurs activités littéraires principales. On pense à Pierre Gripari, Marcel Aymé, mais aussi par exemple à Olivier Py ou Claude Seignolle.

Illustration de Nathalie Parain pour les Contes du chat perché *de Marcel Aymé (1963).*

Quelle est la fonction des contes ?

À la suite des frères Grimm, au XVIIIᵉ siècle, des folkloristes puis des ethnologues et anthropologues recueillent et classent des milliers de contes, partout dans le monde.

Les fonctions de ces contes sont multiples : pour résumer, selon la formule de Perrault, on peut dire qu'ils cherchent à plaire et instruire. Les contes, notamment les contes d'animaux, s'apparentent ainsi souvent aux fables*.

● UN DIVERTISSEMENT SOCIAL ET CULTUREL

Écouter un conte, notamment dans une culture de tradition orale, permet non seulement de se divertir, en pénétrant dans un univers merveilleux peuplé d'êtres surnaturels et de personnages facétieux*, mais aussi d'assister à un spectacle, parfois accompagné de musique et mis en scène par le conteur (voir « L'Enquête »).

Cependant, ce spectacle n'est pas toujours un simple divertissement, une réponse à un souci d'évasion. Un conte peut notamment servir :

– à expliquer les origines mythiques du monde ;

– à représenter la société d'une époque, par exemple la division sociale en classes riches et classes pauvres.

Le conte, reflet d'une société

Si le conte, et notamment le conte merveilleux, se situe dans un temps souvent indéterminé, dans un ailleurs imaginaire, peuplé d'êtres surnaturels et d'objets magiques, il laisse des indices de la société à laquelle il appartient. Dans un conte de Perrault, on reconnaît ainsi la vie à la cour du roi, l'opposition entre les riches et les pauvres, les seigneurs et les villageois... Dans un conte africain, on trouve des traces de la vie telle qu'elle se déroule au village, avec sa culture musicale (voir « L'Enquête »), ses rites traditionnels ou les peurs des habitants (ne pas sortir la nuit, par exemple, par peur des mauvais esprits).

● **LA FONCTION ÉDUCATIVE ET L'ENSEIGNEMENT D'UNE SAGESSE**

Mieux encore, le conte peut chercher à instruire sur l'homme tel qu'il est. Selon les récits, on peut analyser différents objectifs :
– faire rire des défauts des hommes en mettant en scène des personnages et des situations types ; dans les contes d'animaux*, ceux-ci figurent des qualités ou des défauts humains : par exemple le lièvre, en Afrique ou en Asie, représente la ruse des hommes pour tirer parti d'une situation et surmonter l'adversité ;
– mettre en garde contre les dangers du monde en exposant des situations où des personnages bons sont opposés à des êtres mauvais : par exemple, le conte du *Petit Chaperon rouge* vise à mettre en garde les enfants contre les individus dangereux ;
– enseigner une morale : chez Perrault, elle porte le nom de moralité* ;
– donner en exemple des personnages qui mettent en pratique des qualités humaines essentielles (le sacrifice pour autrui, par exemple).

Gravure de Gustave Doré (1832-1883) pour Le Petit Chaperon rouge *de* Perrault *(1862).*

Étape I • Reconnaître un conte merveilleux

SUPPORT : *Riquet à la houppe* (page 12)

OBJECTIF : Identifier le schéma, les personnages et les situations types du conte.

As-tu bien lu ?

1 On a donné à Riquet le don :
☐ de rendre belle la femme dont il tombera amoureux
☐ de rendre intelligente la femme dont il tombera amoureux

2 Quelles sont les caractéristiques des deux princesses qui naissent dans le royaume voisin ?

3 Que propose Riquet à l'aînée des princesses lorsqu'il la rencontre dans un bois ? Quelle réponse obtient-il ?

4 À la fin du récit, Riquet épouse l'aînée et :
☐ tous les deux sont devenus laids et bêtes
☐ l'aînée est devenue intelligente et Riquet reste laid
☐ l'aînée est devenue intelligente et Riquet est devenu beau à ses yeux

Les lieux et l'époque de l'action

5 Es-tu capable de dire à quelle époque se passe l'action du conte ?

6 Quelles précisions le récit donne-t-il sur les lieux de l'action ?

Des personnages types

7 Quels personnages typiques du conte merveilleux reconnais-tu ici ?

8 Lesquels appartiennent à l'univers surnaturel ?

Des situations et des motifs caractéristiques

9 Parmi les motifs courants du conte merveilleux*, lesquels reconnais-tu dans le conte ? Classe-les dans l'ordre de leur apparition et illustre ta réponse d'une phrase tirée du récit.

La métamorphose d'un personnage – un objet magique – un monstre – un don miraculeux – des frères et sœurs en rivalité – une fée – un mariage.

10 Reproduis le tableau suivant et complète-le en résumant les différentes étapes du schéma narratif avec tes propres mots.

Héros	Situation initiale	Élément modificateur	Épreuves	Situation finale

La langue et le style

11 Quels sont les temps utilisés habituellement dans un récit ? Les retrouves-tu ici ? Donne des exemples.

12 La langue de ce conte est-elle facile ? Dirais-tu que ce conte cherche à imiter le langage oral ou qu'il appartient à un genre littéraire élaboré ? Donne des exemples en choisissant quelques mots et une ou deux phrases du récit.

La moralité

13 À la fin du conte, Riquet est-il réellement devenu beau ou est-il resté laid ? Appuie-toi sur le texte pour répondre.

14 Résume en une phrase chaque moralité. Vois-tu des différences entre elles ?

Faire le bilan

15 Explique pourquoi ce conte est un conte merveilleux, en t'appuyant sur les réponses successives aux questions précédentes.

À toi de jouer

16 **Écrire :** Reproduis le tableau de la question 10 et imagine le schéma d'un autre conte. Tu dois respecter les caractéristiques du conte merveilleux (présence du héros confronté à des obstacles, des êtres surnaturels et devant accomplir une quête pour accéder au bonheur final). Reporte-toi aux éléments de définition du conte apportés dans les « Repères » (page 62).

Étape 2 • Lire un conte des origines

SUPPORT : *Les Saisons et les Mois* (p. 22)

OBJECTIF : Étudier une des fonctions du conte* : raconter les origines du monde.

As-tu bien lu ?

1 Au début du conte, la paysanne a deux filles :
   ☐ Dobromila, la cadette est belle et Dorota, l'aînée, est laide
   ☐ Dobromila, l'aînée, est belle et Dorota, la cadette, est laide

2 Dobromila est l'héroïne du conte. Elle doit accomplir :
   ☐ deux épreuves, aller cueillir des fraises puis des pommes
   ☐ trois épreuves, aller cueillir des violettes, des fraises puis des pommes
   ☐ trois épreuves, aller cueillir des violettes, des fraises puis des roses

3 À quoi Dobromila reconnaît-elle Janvier ?

4 Les autres mois qui l'aident à accomplir ses épreuves sont :
   ☐ Mars, Juin et Novembre   ☐ Mars, Juin et Septembre

5 Pour quelle raison Dorota meurt-elle à la fin du conte ?

Un conte merveilleux traditionnel

6 À partir notamment des réponses aux questions précédentes,
   remplis le tableau suivant.

Héros	Épreuves	Qui sont les aides* ?	Qui sont les opposants* ?	Quelle est la situation finale ?

7 Parmi les motifs courants dans le conte de fées, lesquels, parmi les
   suivants, reconnais-tu dans ce conte ? Classe-les dans l'ordre de leur
   apparition et accompagne ta réponse d'une phrase tirée du récit.

Une fée – un géant – la métamorphose magique – la rivalité entre frères et sœurs – le voyage d'un héros qui finit par vaincre son handicap de départ – un objet magique – un mariage – une sorcière.

8 Dans les contes merveilleux, la répétition d'une même épreuve est très courante. Quelles phrases, dans ce conte, sont répétées plusieurs fois ?

Un conte des origines

9 Peut-on savoir à quelle époque se situe l'action du conte ?

10 Ce conte nous explique l'origine des saisons et des mois, comme l'indiquait déjà le titre : dirais-tu que cette explication est réaliste ou totalement imaginaire, mythique ?

11 Les informations concernant les saisons auxquelles poussent les fruits indiqués dans le récit sont-elles justes ou fausses ?

12 Les contes utilisent souvent des chiffres symboliques. Quels chiffres sont omniprésents ici ? Recherche d'autres exemples où les mêmes chiffres ont une valeur symbolique.

La morale du conte

13 En quoi peut-on dire que la morale du conte cherche à montrer la supériorité du bien sur le mal ?

14 Ce conte ressemble beaucoup à deux contes de Perrault, *Cendrillon* et *Les Fées*. D'après tes souvenirs ou une relecture de l'un de ces contes, indique quels sont les points communs entre les deux récits.

Faire le bilan

15 Selon toi, quel est l'intérêt d'inventer des contes des origines* ? Connais-tu d'autres exemples de contes permettant d'expliquer des phénomènes naturels ou des caractéristiques humaines et/ou animales ?

À toi de jouer

16 **Rechercher :** Fais une recherche (au CDI, sur Internet, etc.) sur le mythe gréco-romain de Déméter et de sa fille Perséphone, qui explique l'alternance des saisons.

Étape 3 • Découvrir une version africaine d'un conte familier

SUPPORT : *Samba-de-la-Nuit* (p. 28)

OBJECTIF : Aborder les notions de tradition orale et de variante d'un conte.

As-tu bien lu ?

1 Samba s'accouche tout seul :
☐ il est l'aîné et sa mère aura encore sept enfants
☐ il est le cadet de sept enfants
☐ il est le cadet de huit enfants

2 Ses frères quittent le village en quête d'épouses. Samba les suit :
☐ ils acceptent immédiatement sa présence auprès d'eux
☐ ils acceptent sa présence au bout de deux rencontres avec lui
☐ ils acceptent sa présence au bout de trois rencontres avec lui

3 En quoi Samba se transforme-t-il pour suivre ses frères à leur insu ?

4 Lorsqu'ils arrivent au bord du Grand Fleuve, les frères rencontrent :
☐ Diassigue-le-vieux-Pélican   ☐ Diassigue-le-vieux-Caïman

5 Comment Samba et ses frères sont-ils accueillis en arrivant chez la vieille et ses filles ? Que font-ils ?

6 Dans quelle intention la vieille aiguise-t-elle son couteau ? À quoi celui-ci va-t-il lui servir en réalité ?

7 La sorcière poursuit le héros et ses frères et se transforme successivement :
☐ en jujubier, en trois chevaux et enfin en tamarinier
☐ en jujubier, en sept chevaux et enfin en tamarinier

Un *Petit Poucet* sénégalais

8 Quelles ruses Samba utilise-t-il chez la vieille femme afin d'éviter que ses frères et lui soient empoisonnés ?

9 Voici un tableau où sont résumés certains des épisodes du *Petit Poucet* de Perrault. Complète-le avec les épisodes de *Samba-de-la-Nuit* qui leur correspondent.

	Le Petit Poucet	*Samba-de-la-Nuit*
Héros	Le petit Poucet.	
Situation initiale	Le petit Poucet est le cadet des sept enfants de deux paysans très pauvres.	
Péripéties	– Les sept enfants sont abandonnés dans une forêt. – Ils arrivent à la maison de l'ogre. – Le petit Poucet échange les couronnes des filles de l'ogre contre les bonnets de ses frères. – L'ogre tue ses filles pendant la nuit. – L'ogre poursuit les sept enfants. – L'ogre possède un objet magique : les bottes de sept lieues.	
Adjuvants	L'ogresse.	
Opposants	L'ogre.	
Situation finale	Le petit Poucet sauve ses frères et tous sont à l'abri du besoin.	

La langue et le style

10 Plusieurs arbres africains jouent un rôle important dans le récit. Recherche dans un dictionnaire la définition des termes « jujubier » et « tamarinier ». Quel rôle exact ces arbres jouent-ils dans le conte ?

Faire le bilan

11 Quelles sont les principales différences que tu peux relever entre les deux versions du *Petit Poucet* (caractéristiques des personnages, motifs du départ, quête du héros, nature des opposants, éléments surnaturels, etc.). Comment peut-on expliquer ces variantes à ton avis ?

À toi de jouer

12 **Écrire :** Choisis un conte célèbre, fais la liste des différentes étapes qui le constituent, puis rédige ta propre variante de ce conte.

Étape 4 • Analyser un thème : le voyage initiatique de l'enfant né coiffé

SUPPORT : *Riquet à la houppe* (p. 12), *Les Saisons et les Mois* (p. 22) et *Samba-de-la-Nuit* (p. 28)

OBJECTIF : Mettre en évidence la permanence des thèmes et motifs des contes.

As-tu bien lu ?

1 Donne le prénom du héros de chacun des trois contes.

2 Quelles qualités les héros des trois contes ont-ils en commun ?
☐ beauté et intelligence ☐ bonté et intelligence
☐ ruse et méchanceté ☐ beauté et bonté
Tu dois pouvoir justifier ta réponse oralement.

3 Voici des opposants rencontrés dans les contes. Indique quel héros doit affronter chacun de ces opposants.
☐ une mère tyrannique
☐ une promesse non tenue
☐ une sorcière infanticide

4 Quel élément (pouvoir, don, personnage, etc.) permet à chacun des trois héros de surmonter ses épreuves ?

5 À quel conte peut-on associer chaque phrase (inscris le titre en face) :
☐ l'amour pare l'être aimé de toutes les qualités
☐ la ruse peut triompher de tout
☐ gentillesse et vertu sont récompensées tout au long de l'année

Premier moment : la rivalité des frères et sœurs

6 Cite au moins une phrase de chaque conte afin de montrer qu'ils ont en commun de parler de frères ou de sœurs.

7 Dans *Riquet à la houppe* et *Les Saisons et les Mois*, il est question de sœurs. Montre, en citant le texte, que dans chacun de ces deux contes ces sœurs sont des rivales. En quoi leur rivalité consiste-t-elle ?

8 Dans *Samba-de-la-Nuit*, le héros se fait-il immédiatement accepter par ses sept frères ? Cite le texte pour appuyer ta réponse.

Deuxième moment : un héros en route vers le succès

9 Attribue à chacun des trois contes l'affirmation qui lui correspond :
☐ le héros possède une beauté et une gentillesse exceptionnelles
☐ le héros du conte, extrêmement intelligent, a reçu le don de rendre beau l'être qu'il aimera
☐ le héros du conte, extrêmement rusé, a le pouvoir de se métamorphoser à volonté

10 Dans les trois contes, il est question de voyage. En quoi chacun d'eux consiste-t-il ?

11 Montre, d'après la fin de chacun des contes, que ce voyage se termine, dans les trois cas, par la réussite exceptionnelle des trois héros.

La langue et le style

12 Recherche maintenant le sens de l'expression « un enfant né coiffé ». Auquel des trois héros cette expression s'applique-t-elle le mieux ? En quoi peut-elle s'appliquer aussi aux autres ?

Faire le bilan

13 Complète le texte à trous ci-dessous avec les termes qui te sont proposés. Tu obtiendras ainsi une synthèse sur le conte merveilleux.

Mariage – sorcière – voyage – d'une tradition à l'autre – fée – dons – un frère ou une sœur – épreuves – handicap de départ – opposants.

On retrouve souvent dans les contes les mêmes motifs ....
.... Au début, le héros peut être entravé par un ....
.... Au cours d'un .... initiatique, il surmonte toutes sortes d'........................... , malgré des .... (un ....ou une ....). C'est qu'une bonne .... lui a attribué des .... à la naissance. Le conte merveilleux se termine souvent par le .... du héros.

À toi de jouer

14 **Rechercher :** La symbolique des chiffres joue souvent un grand rôle dans les contes. Relève dans *Samba-de-la Nuit* toutes les expressions où le chiffre « sept » est présent.

Étape 5 • Découvrir un personnage facétieux venu d'Orient, Nasreddin

SUPPORT : *Les Prêtres et les Trois Questions* (p. 41)

OBJECTIF : Analyser une des fonctions du conte : enseigner une sagesse par le rire.

As-tu bien lu ?

1 Nasreddin est convoqué chez le maire, afin d'être interrogé par trois prêtres étrangers. Que se passe-t-il ensuite ?
☐ un banquet aura lieu après l'entretien avec les prêtres
☐ un banquet aura lieu avant l'entretien avec les prêtres
☐ il n'y aura pas de banquet

2 Pour quelle raison Nasreddin est-il surpris de recevoir du courrier ?

3 Le messager a-t-il lu la lettre avant de la remettre à Nasreddin ? Pourquoi ?

4 Les savants interrogent successivement notre héros :
☐ au sujet des étoiles dans le ciel, du centre de la terre, de la barbe d'un des prêtres
☐ au sujet du centre de la terre, des étoiles dans le ciel, des poils de l'âne de Nasreddin
☐ au sujet du centre de la terre, des étoiles dans le ciel, de la barbe du prêtre

Nasreddin, un idiot ou un farceur ?

5 Nasreddin est-il un ignorant ou un savant ? Quelles phrases du conte te permettent de répondre à cette question ?

6 Les réponses données par le héros aux questions des prêtres te paraissent-elles sérieuses ? En quoi pourraient-elles passer pour des paroles d'idiot ou de fou ?

7 En quoi ces réponses ont-elles un effet comique sur le lecteur ? En quoi la référence à l'âne joue-t-elle un rôle dans ce comique ? Laquelle des trois réponses te paraît-elle la plus drôle ?

8 Pourquoi, à ton avis, les prêtres restent-ils sans voix, après chaque réponse de Nasreddin ?

La langue et le style

9 Peut-on savoir à quelle époque se situe l'action ? Où se trouve la seule indication de temps donnée par le récit ? Quelle est la fonction grammaticale de l'expression que tu viens de trouver ?

10 D'après ce que tu sais de l'univers du conte, est-il logique qu'il y ait si peu d'indications de temps dans le récit ? Comment l'expliques-tu ?

11 Quels types de phrases les prêtres utilisent-ils pour s'exprimer ? Explique pourquoi, d'après le titre du conte et ses différentes péripéties, cet emploi est logique.

Faire le bilan

12 Parmi les affirmations suivantes, dis lesquelles te paraissent justes (il peut y en avoir plusieurs).
☐ Nasreddin est un imbécile qui répond n'importe quoi aux prêtres
☐ Nasreddin est sage et les prêtres sont ignorants
☐ Nasreddin fait semblant d'être naïf et veut se moquer du sérieux et de la prétention des prêtres
☐ Nasreddin est un âne intéressé uniquement par le banquet donné par le maire
☐ Nasreddin est un farceur sage qui attend le banquet avec impatience
☐ Nasreddin est un sage, qui joue l'idiot et prend plaisir à réaliser des facéties

13 D'après les réponses à la question précédente, quelle définition donnerais-tu du conte facétieux ?

À toi de jouer

14 Rechercher : Le personnage de Nasreddin est connu partout à travers l'Orient, du Maghreb jusqu'à l'Inde ou la Chine. Au CDI, tu effectueras des recherches sur ce personnage légendaire et tu exposeras à la classe tes découvertes.

15 Rechercher : Si chaque élève parvient à trouver une autre histoire de Nasreddin, vous pourrez réaliser tous ensemble une petite anthologie de contes facétieux.

Étape 6 • Caractériser les personnages dans un conte animalier

SUPPORT : *Le Taureau de Bouki* (p. 44)

OBJECTIF : Comprendre que le conte d'animaux met en évidence les qualités et les défauts humains.

As-tu bien lu ?

1 Bouki-l'Hyène a capturé un taureau et il demande à Leuk-le-Lièvre :
☐ de l'accompagner afin qu'ils partagent le repas ensemble
☐ de surveiller le taureau et de chasser les mouches, abeilles, guêpes et oiseaux qui s'en approcheraient

2 Après une journée de marche, Bouki abandonne un moment Leuk et le taureau :
☐ à deux reprises, pour aller chercher une marmite puis du feu
☐ à trois reprises, pour aller chercher du bois, une marmite et du sel
☐ à trois reprises, pour aller chercher du bois, une marmite et du feu

3 Que fait Leuk pour faire croire à Bouki qu'il n'a pas bougé ?

4 En réalité, Leuk s'est déplacé :
☐ en direction de la mer où il compte noyer Bouki
☐ en direction de Sénène, le pays des lièvres

5 Quelle ruse Leuk utilise-t-il pour pouvoir s'emparer du taureau ?

6 Cette affirmation est-elle juste : Bouki s'enfuit parce qu'il ne veut pas manger le taureau sans sel ? Cite le texte pour répondre.

Des personnages typiques du conte africain

7 On retrouve Leuk et Bouki dans de nombreux contes africains. Effectue des recherches, au CDI par exemple, afin d'en savoir plus sur ces personnages. D'après ce que tu as appris du conte, comment expliques-tu qu'on les retrouve dans différents pays ?

La langue et le style

8 Comment s'appelle l'instrument de musique avec lequel Leuk s'accompagne, lorsqu'il chante ? Relève tous les mots qui évoquent la présence de l'Afrique dans le conte. Quelle expression française désigne l'ensemble des mots qui se rapportent à un même thème, dans un récit ?

9 L'ensemble du récit est-il rédigé en prose ? Cite un passage où ce n'est pas le cas.

Faire le bilan : conte ou fable ?

10 Quelles qualités et quels défauts humains Leuk et Bouki semblent-ils représenter, d'après toi ?

11 À quel personnage de fable pourrais-tu comparer Leuk-le-Lièvre ? Pourquoi ?

12 Recherche la définition du terme « fable ». En quoi cette définition peut-elle aussi s'appliquer au conte que tu viens de lire ?

À toi de jouer

13 Écrire : Relis la fable de La Fontaine *Le Corbeau et le Renard*. Reprends la morale du conte et récris-la de manière à ce qu'elle corresponde au conte que tu viens de lire.

14 Rechercher : Dans quelles fables de La Fontaine rencontre-t-on un lièvre ? Après avoir lu ces fables, donne les traits de caractère communs à ces différents lièvres.

Étape 7 • Dégager le message d'un conte

SUPPORT : *Le Lièvre, le Chacal, la Belette et le Singe* (p. 56)

OBJECTIF : Étudier une autre fonction du conte : transmettre une sagesse.

As-tu bien lu ?

1 Une fée est présente dans ce conte. Que peut-on en dire ?
   ☐ elle aime le lièvre et ne se soucie pas des autres animaux
   ☐ elle préfère le lièvre mais elle sait tout de chaque animal

2 Quelle proposition le lièvre fait-il à ses amis ? Comment ceux-ci réagissent-ils ?

3 Chacun part en quête de nourriture. Que se passe-t-il ?
   ☐ la belette trouve de la viande et du lait caillé, le singe des fruits et le chacal des poissons
   ☐ la belette trouve des poissons, le chacal trouve de la viande cuite et du lait caillé, et le singe des mangues

Contes d'animaux, contes merveilleux ou fables ?

4 Quel personnage typique des contes merveilleux retrouves-tu dans *Le Lièvre, le Chacal, la Belette et le Singe* ?

5 Parmi les motifs caractéristiques des contes merveilleux proposés ci-dessous, lesquels retrouves-tu dans le conte ?

La rencontre d'un monstre – la métamorphose – le mariage – la rivalité entre frères ou sœurs – le voyage.

6 Le conte *Le Lièvre, le Chacal, la Belette et le Singe* te semble-t-il proche du *Taureau de Bouki* ? Justifie ta réponse.

7 Dans le récit, où la morale de l'histoire se trouve-t-elle ? En quoi ce conte ressemble-t-il à une fable ?

8 Lequel des animaux finit par l'emporter sur les autres ? Quelle leçon de sagesse le conte cherche-t-il à enseigner ? Quel personnage la formule ?

Faire le bilan

9 Tu viens de lire six contes de différents pays. Complète le tableau suivant qui te permettra de faire un petit bilan sur ce que tu as appris.

Titre du conte	Le récit résumé en quelques mots	Aides et opposants ?
	Un prince laid épouse une princesse belle, d'abord idiote puis intelligente.	Une fée donne au héros le pouvoir de métamorphoser celle qu'il aime.
Les Saisons et les Mois		
	Le cadet d'une fratrie sauve ses sept frères de la mort.	
Le Lièvre, le Chacal, la Belette et le Singe	L'enseignement d'une sagesse : ...	
	Un homme joue l'idiot pour se moquer de la prétendue sagesse des savants.	
Le Taureau de Bouki	Leuk-le-Lièvre parvient à...	

À toi de jouer

10 Argumenter : Lequel des six contes que tu as lus as-tu préféré ? Pourquoi ? Donne des arguments précis pour répondre.

L'enfant perdu, l'enfant sauvé :
groupement de documents

> **OBJECTIF :** Comparer plusieurs documents sur un thème fréquent dans un conte ou un récit apparenté au conte.

DOCUMENT 1 CHARLES PERRAULT, *Histoires ou Contes du temps passé avec des moralités* (1697), *Le Petit Poucet*

Avec Samba-de-la-Nuit, tu as découvert un petit Poucet sénégalais. Voici un extrait du conte, dans la version française de Perrault. Souviens-toi : un couple de paysans pauvres abandonne ses enfants dans la forêt ; mais grâce à la vigilance du cadet, les sept garçons vont retrouver une première fois le chemin de la maison...

Dans le moment que le bûcheron et la bûcheronne arrivèrent chez eux, le seigneur du village leur envoya dix écus, qu'il leur devait il y avait longtemps, et dont ils n'espéraient plus rien.

Cela leur redonna la vie, car les pauvres gens mouraient de faim. Le bûcheron envoya sur l'heure sa femme à la boucherie. Comme il y avait longtemps qu'elle n'avait mangé, elle acheta trois fois plus de viande qu'il n'en fallait pour le souper de deux personnes. Lorsqu'ils furent rassasiés, la bûcheronne dit :

« Hélas ! où sont maintenant nos pauvres enfants ? Ils feraient bonne chère de ce qui nous reste là. Mais aussi, Guillaume, c'est toi qui les as voulu perdre ; j'avais bien dit que nous nous en repentirions. Que font-ils maintenant dans cette forêt ? Hélas ! mon Dieu, les loups les ont peut-être déjà mangés ! Tu es bien inhumain d'avoir perdu ainsi tes enfants ! »

Le bûcheron s'impatienta à la fin ; car elle redit plus de vingt fois qu'ils s'en repentiraient, et qu'elle l'avait bien dit. Il la menaça de la battre si elle ne se taisait.

Ce n'est pas que le bûcheron ne fût peut-être encore plus fâché que sa femme, mais c'est qu'elle lui rompait la tête, et qu'il était de l'humeur de beaucoup d'autres gens, qui aiment fort les femmes qui disent bien, mais qui trouvent très importunes celles qui ont toujours bien dit. La bûcheronne était tout en pleurs :

« Hélas ! où sont maintenant mes enfants, mes pauvres enfants ! »
Elle le dit une fois si haut, que les enfants, qui étaient à la porte, l'ayant entendue, se mirent à crier tous ensemble :
« Nous voilà ! nous voilà ! »

DOCUMENT 2 🖋 Les frères GRIMM, *Contes*, *Petit frère et petite sœur*

Au XVIIIe siècle, les frères Grimm, en Allemagne, mettent par écrit des contes populaires de leur pays. Voici le début de l'un d'eux, dans lequel tu trouveras des situations bien comparables à celle du petit Poucet français...

Petit frère prit petite sœur par la main et lui dit : « Depuis que notre mère est morte, nous n'avons plus une heure de bon temps ; notre belle-mère nous bat tous les jours, et, si nous nous approchons d'elle, elle nous repousse à coups de pied. Les croûtes de pain dur qui restent sont notre nourriture, et le petit chien sous la table est mieux traité que nous : on lui jette de temps en temps, à lui, quelque bon morceau. Que Dieu ait pitié de nous !... Si notre mère le savait !... Viens, nous essayerons tous les deux de courir le monde. »

Ils marchèrent tout le jour à travers les prés, les champs et les pierres, et, quand il pleuvait, la petite sœur disait : « Le bon Dieu et nos pauvres cœurs pleurent ensemble ! »

Le soir ils arrivèrent à une grande forêt ; ils étaient si épuisés par le chagrin, la faim et une longue route, qu'ils s'abritèrent dans le creux d'un arbre et s'endormirent.

Le lendemain, quand ils se réveillèrent, le soleil était déjà très-haut dans le ciel, et échauffait de ses rayons le dedans de l'arbre. Le petit frère dit alors : « Petite sœur, j'ai soif ; si je connaissais une source, j'irais m'y désaltérer ; il m'a semblé que j'en avais entendu murmurer une. »

Le petit frère se leva, prit sa petite sœur par la main, et ils se mirent à chercher la source. Mais la méchante belle-mère était sorcière ; elle avait bien vu les deux enfants se mettre en chemin ; elle s'était glissée sur leurs traces, en cachette, comme font les sorcières, et avait jeté un sort sur toutes les sources de la forêt.

DOCUMENT 3 🖌 Bartolomeo MURILLO, *Le Retour du fils prodigue* (1670), National Gallery of Art, Washington.

La Bible est un ensemble de livres de genres littéraires différents. Les évangiles contiennent des paraboles, courts récits sous forme de contes par lesquels Jésus transmet son enseignement. La parabole du Fils prodigue — Évangile selon saint Luc (15 : 11-32) —, parabole du Fils perdu ou même du Fils retrouvé, est l'une des plus célèbres : un père a deux fils ; le cadet demande la part d'héritage qui lui revient et quitte sa famille. Mais il se retrouve bientôt sans rien et retourne chez son père, qui se réjouit de son retour, tandis que le fils aîné se montre jaloux.

As-tu bien lu ?

1 Document 1. *Le Petit Poucet* : Pourquoi les paysans ont-ils abandonné leurs enfants ?

2 Document 2. *Petit frère et petite sœur* : les deux héros sont-ils chassés de leur maison ou bien décident-ils de partir de leur propre initiative ?

Des situations comparables

3 Montre que, dans ces deux premiers documents, les enfants se retrouvent perdus dans un lieu identique. Lequel ?

4 Dans quel document est-ce la faim qui chasse les enfants ? Dans lequel la faim pousse-t-elle au contraire à retourner chez soi ?

5 Dans quel document les parents sont-ils malheureux d'avoir perdu leurs enfants ?

6 Dans lesquels des six contes que tu as lus le thème de la rivalité entre frères est-il présent ?

L'enseignement d'une sagesse

7 En quoi pourrait-on dire que les documents que tu viens de lire cherchent à mettre en garde les enfants des dangers qui les guettent dans le monde ? Quels sont ces dangers ?

8 Trouve, pour chacun des deux textes, une morale qui résumerait son enseignement.

Lire l'image

11 Par quels gestes le père montre-t-il sa joie de voir son fils cadet revenir ?

12 Quel sentiment le fils revenu semble-t-il exprimer dans le tableau ?

13 Recherche le texte de la parabole, sur Internet par exemple, et retrouve ensuite dans le tableau les éléments du récit qui sont représentés.

14 Le frère jaloux figure-t-il dans le tableau ? Où se trouve-t-il à ton avis ?

À toi de jouer

15 Donner son avis : Penses-tu que la lecture de contes où il est question d'enfants que l'on met en garde contre les dangers qui les guettent dans le monde est encore utile aujourd'hui ? Quels autres moyens penses-tu utiles pour jouer le même rôle ?

Birago Diop, l'auteur des deux contes sénégalais de notre recueil, affirme tenir ses histoires de la bouche de vieilles femmes, mais aussi d'Amadou Koumba, griot attaché à sa famille. Qu'est-ce donc qu'un griot en Afrique et quel est son rôle ? Les autres continents ont connu des personnages au rôle similaire à celui du griot.

Qui étaient donc ces conteurs fameux ?

Comment exerçaient-ils leur profession ?

Qui sont-ils encore aujourd'hui ?

Profession conteur, des griots aux bardes

L'ENQUÊTE EN 5 ÉTAPES

1 Qu'est-ce qu'un griot ?

Les griots sont les gardiens de la parole, de la mémoire de l'Afrique occidentale, particulièrement au Sénégal, le pays de Birago Diop, mais aussi en Gambie, au Mali, en Guinée-Bissau et au Niger. Ils transmettent la culture et les valeurs morales de sociétés orales, où les hommes sont majoritairement analphabètes. Une bibliothèque orale, voilà donc ce qu'est un griot.

● À QUOI RECONNAÎT-ON UN GRIOT ?

En Afrique, n'est pas griot* qui veut : on le devient de père en fils, dans une même famille, par un apprentissage oral des traditions. Traditionnellement, chaque famille noble de l'Ouest africain possède son griot, qui lui est attaché. Deux familles sont ainsi liées, de génération en génération.

À quoi reconnaît-on une famille de griots ? À son nom d'abord ! Si tu connais des Africains dont le nom de famille est Diabaté, Kouyaté, Dramé, ou encore Niakaté, Soumno, Danté et Koïta, il y a des chances qu'ils descendent d'une famille de griots !

● GRIOT OU DJÉLI ?

Dans l'Ouest africain, les griots sont désignés en réalité sous le terme de djéli (qui signifie « sang », en référence à leur fonction de transmission des traditions, le sang du peuple). Le mot griot est plutôt l'appellation que lui ont donnée les colons, du temps où ces pays étaient sous domination française.

Griots et griottes

Les griots sont parfois — souvent — des griottes ! L'une des plus connues d'entre elles est la chanteuse sénégalaise Youndé Codon Séne (née en 1932), qui fut la griotte personnelle de l'écrivain et président Léopold Sédar Senghor (1906-2001).

Griot jouant du xalam, fixé sous verre de M'Bida (Sénégal).

Une bibliothèque vivante

« *En Afrique, un vieillard qui meurt, c'est une bibliothèque qui brûle.* » *Cette belle phrase a été prononcée par le grand sage et écrivain malien Amadou Hampaté Bâ (1900-1991), dont il faut lire les magnifiques contes, puisés dans la tradition orale de l'ethnie peul, à laquelle il appartenait. À lire notamment :* Petit Bodiel, conte peul *(1977) et* Il n'y a pas de petites querelles : nouveaux contes de la savane *(1999). Tu y retrouveras entre autres personnages Bouki, la hyène et Leuk, le lièvre du conte de Diop* Le Taureau de Bouki.

Famille, famille !

On entend dire au Mali ou au Sénégal qu'une famille noble sans griot est comme un arbre sans feuilles et un griot sans famille d'attache comme un orphelin. Des familles inséparables, donc ! Un autre proverbe peul dit : « Le monde sans griots serait fade comme un riz sans sauce. »

2

Quelles sont les fonctions du griot dans la société africaine ?

Personnalité essentielle des sociétés traditionnelles africaines, le griot est à la fois un artiste et un personnage indispensable à la communauté. Il assure des fonctions culturelles et sociales.

● **FONCTIONS ARTISTIQUES DU GRIOT : CONTEUR ET MUSICIEN**

Le djéli est plus qu'un simple conteur, ce qui est déjà beaucoup ! Il est aussi un musicien, qui chante ses récits, en s'accompagnant d'instruments traditionnels. C'est un artiste complet, comme on le voit. Et le conte, en Afrique, est bien plus qu'une parole proférée de façon monotone.

C'est un métier d'artiste, comme on le devine dans le conte *Le Taureau de Bouki*. Souviens-toi : Leuk-le-Lièvre chante des chansons en s'accompagnant d'un drôle de violon, le Riti.

● **FONCTIONS SOCIALES : HISTORIEN, GÉNÉALOGISTE ET MAÎTRE DE LA PAROLE**

Les djélis jouent un rôle important dans la société. Ils ont une grande influence dans la communauté villageoise. On les consulte en cas de conflits, on leur demande conseil. Mieux encore : pas une fête sans que le griot ne soit présent. Un baptême, une circoncision, un mariage, et voici le djéli invité.

Lors de ces cérémonies, le griot, qui connaît par cœur l'histoire de toutes les familles de la communauté, va chanter les louanges des ancêtres d'une famille en particulier ou bien raconter les légendes connues de tous, qui ont fait la gloire passée du pays.

Autrefois attachés à une lignée prestigieuse, royale, les djélis étaient entretenus par elle. Mais quand ils sont invités par des villageois, ils reçoivent en échange de leurs services des cadeaux, de l'argent ou sont payés en nourriture, le mil.

Quelques instruments traditionnels

Le riti : c'est une sorte de violon à une corde, dont la caisse est une calebasse tendue de peau de varan (un lézard).

Le n'goni : cette harpe ressemble en fait à une petite guitare, qui peut avoir entre trois et sept cordes.

La kora : l'instrument-roi des griots et de la musique traditionnelle : 21 cordes relient la caisse de calebasse à un long manche. Le musicien tient la kora à la verticale sur les genoux et pince les cordes des deux mains, avec le pouce et l'index.

Le balafon : cet instrument à percussion est composé de lames rectangulaires en bois dur, suspendues au-dessus d'une rangée de calebasses qui servent à amplifier le son. On frappe sur les lames à l'aide de maillets en bois.

Le sabar : ce nom désigne une catégorie de tambours ronds qui se jouent debout. La membrane est en peau de chèvre. C'est une des percussions typiques des griots des ethnies wolof, lébou et sérère du Sénégal.

Art africain : kora (XIXᵉ siècle), Metropolitan Museum of Art, New York.

Art africain : statuette représentant deux joueurs de balafon, s. d., bois et métal, Metropolitan Museum of Art, New York.

Une mémoire d'éléphant !

Il en faut de la mémoire pour retenir par cœur toutes ces généalogies familiales, tous ces contes et enfin toutes ces épopées qui racontent le passé glorieux du pays ! Le djéli est bien le maître de la parole, qui manie le verbe comme personne et garde la tradition.

3

Qu'est-ce qu'une épopée ?

● L'ÉPOPÉE DE SOUNDIATA KEÏTA

Parmi les récits connus de tous les griots, il y a la fameuse épopée de Soundiata Keïta. Celle-ci décrit les exploits du guerrier qui fonda l'empire mandingue du Mali, au XIIIᵉ siècle, un empire qui déclina progressivement jusqu'au XVIᵉ siècle. Les Mandingues sont un peuple qui vit au Mali, mais aussi au Sénégal, en Gambie, en Guinée et en Guinée-Bissau.

Épopée

Une épopée est un long récit ou poème généralement en vers, qui glorifie et amplifie les exploits d'un héros. Ainsi, Soundiata Keïta, personnage historique, apparaît – dans l'épopée rapportée par les griots – comme un homme aux pouvoirs hors du commun, capable de déraciner un baobab !

● D'AUTRES ÉPOPÉES

Même si elles ont souvent fini par être couchées par écrit, les épopées se rattachent quasiment toujours à une tradition orale. Voici quelques-unes des plus célèbres, en dehors de l'*Iliade*, de l'*Odyssée* et de l'épopée de Soundiata Keïta :

L'Épopée de Gilgamesh : la plus ancienne au monde (entre le XVIIIᵉ et le XVIIᵉ siècle avant notre ère). Elle rapporte les exploits de Gilgamesh, un roi de Mésopotamie (l'Irak actuel, pour aller vite).

Le Mahâbhârata (Vᵉ-IVᵉ siècle avant J.-C) : le plus long poème épique du monde ! 250 000 vers ! Il rapporte les batailles entre deux branches d'une même famille royale hindoue, les Pandava et les Kaurava.

Le Shâh Nâmeh (Livre des Rois) : un poème épique persan (l'Iran actuel) de plus de 120 000 vers, composé par Ferdowsi vers l'an 1000.

Détail d'une miniature perse extraite du Livre des Rois *(XVIᵉ siècle, Chantilly, musée Condé).*

● ET LA BIBLE, DANS TOUT CELA ?

La Bible est une bibliothèque, nous l'avons dit. Le point commun avec la question évoquée dans l'« Enquête » ? Un livre comme celui des *Psaumes* (prières utilisées à la fois dans le judaïsme et le christianisme) est censé avoir été composé en partie par le roi David, au Xᵉ siècle avant notre ère. Ce roi David, père de Salomon, aurait tué le géant Goliath. Mais ce qui est intéressant dans cette histoire, c'est que souvent, au début d'un psaume, le rédacteur mentionne que le poème devait être chanté, accompagné d'instruments de musique, souvent une lyre.

Matière de France, matière de Bretagne

Un autre personnage à qui on pourrait comparer le griot est le troubadour médiéval. Comme lui, le troubadour était souvent attaché à une famille noble ; comme lui il chantait en s'accompagnant d'instruments. Et que chantait-il ? L'amour courtois pour une belle dame, mais aussi les épopées telles que la fameuse Chanson de Roland *(XIᵉ siècle), composée de 4 000 vers. Issue de la « matière de France », un ensemble de récits légendaires de la Bretagne française, cette chanson raconte les exploits et la mort héroïque de Roland, fidèle chevalier de Charlemagne à la fameuse épée Durandal. La « matière de Bretagne », elle, rapporte les exploits du roi légendaire Arthur et des chevaliers de la Table ronde.*

Détail d'une miniature extraite du manuscrit Karl der Grosse *(XIIIᵉ siècle, Wolfenbüttel, Allemagne).*

4 Quels personnages ont exercé les mêmes fonctions que les griots, dans les autres cultures ?

Un conteur qui s'accompage d'une lyre : cela ne te rappelle rien ? Assurancetourix, bien sûr, le barde dans Astérix et Obélix, personnage inventé, mais inspiré de la réalité : le barde, l'équivalent du griot dans les cultures européennes ou asiatiques traditionnelles.

● **BARDES EN PAYS CELTE**

Comme le djéli, donc, le barde, dans la civilisation celtique de l'Antiquité est un poète, chanteur, conteur, qui tient une place importante dans la société et doit perpétuer la tradition orale. Au même titre que les druides, il appartient à la classe des prêtres ; c'est un savant, qui assure des fonctions religieuses. C'est aussi en chantant qu'il assure ses fonctions d'historien et de généalogiste, rapportant les faits glorieux des souverains et des familles nobles. Les bardes celtes ont survécu jusqu'au Moyen Âge.

● **BARDES D'AILLEURS**

De la Turquie à l'Afghanistan, les bardes « âsheq » (ou « ashiq ») sont des conteurs et instrumentistes fameux. Au Turkmenistan, d'autres bardes portent le nom de « bakhshy » et sont des musiciens et conteurs professionnels, spécialisés dans le récit d'épopées ou de poèmes. Ces bardes-là, contrairement aux bardes celtes, n'ont pas disparu et on peut les voir officier encore aujourd'hui.

● **AÈDES ET RHAPSODES**

L'équivalent du barde celte, c'était, dans la Grèce antique, l'aède. Le plus célèbre d'entre eux est Homère, personnage historique ou légendaire qui nous a laissé l'*Iliade* et l'*Odyssée,* deux épopées fameuses.

Quant aux rhapsodes, toujours dans la Grèce antique, ils se distinguaient des aèdes en ce qu'ils récitaient et chantaient des épopées dont ils n'étaient pas les auteurs. Les uns et les autres, comme les griots, s'accompagnaient d'un instrument, une lyre.

Que deviennent les conteurs aujourd'hui ?

5

En Afrique et en Asie, la tradition des griots ou des bardes perdure. En Europe, on assiste à un renouveau du conte et de la profession de conteur.

● DU VILLAGE À LA SCÈNE INTERNATIONALE

Le continent africain cherche à conserver ses traditions, dont la fonction de griot constitue un des piliers. Celle-ci est menacée cependant par l'évolution de sociétés qui perdent leur caractère oral. Le même constat pourrait être fait en Asie. Mais l'évolution la plus marquante, au XXe siècle, est que les descendants de griots sont devenus des musiciens professionnels, parcourant le monde en perpétuant ou modernisant la tradition.

● ON NE PLAISANTE PAS AVEC LA TRADITION !

Le célèbre chanteur malien Salif Keïta est une véritable star en Afrique et dans le monde. Mais son succès n'est pas allé de soi : descendant direct du fameux Soundiata Keïta, Salif a dû se battre pour devenir chanteur : traditionnellement, cette fonction est réservée aux familles de griots et le

Salif Keïta en concert.

musicien Keïta est un prince ! Très mal vu, au Mali, pour un noble d'exercer lui-même le métier de griot !

● EN EUROPE, VERS DES CONTEURS DE PROFESSION

En Europe, si aèdes, rhapsodes, bardes et troubadours ont depuis longtemps disparu, on assiste néanmoins à un renouveau du conte, depuis les années 1970. Ce renouveau est moins centré sur la tradition orale du conte que sur des récits écrits. Aujourd'hui, en France, de plus en plus de conteurs veulent faire profession de leur art et sillonnent les écoles, les maisons de retraite ou les salles de spectacle.

Petit lexique des contes

Aide ou adjuvant   Dans les contes, le personnage qui accompagne le héros dans ses épreuves et l'aide à les réussir.

Animaux (conte d')   Selon le cas, il donne une explication mythique des origines de certains animaux ou ressemble à une fable, destinée à mettre en évidence les qualités et les défauts des hommes.

Épreuves (péripéties)   Les aventures par lesquelles le héros doit passer avant d'accomplir sa mission, de réussir son parcours initiatique.

Fable   Court récit, en prose ou en vers, qui met en scène des animaux pour évoquer des qualités ou défauts humains.

Facétieux (personnage)   Le personnage facétieux cherche à faire rire, à exercer des ruses vis-à-vis d'autres personnages.

Fonctions (du conte)   Les fonctions du conte sont sociales (assurer le bon fonctionnement de la communauté), pédagogiques (enseigner une morale, mettre en garde) et culturelles.

Griot   Le griot, ou djéli, en Afrique de l'Ouest, est le chanteur, musicien, conteur qui garde la mémoire du passé de la communauté. Maître de la parole, il est une « bibliothèque vivante ».

Héros   Le personnage principal du conte, souvent un enfant, qui part en quête d'aventures et doit subir un certain nombre d'épreuves avant de vivre une fin heureuse, un mariage, par exemple.

Merveilleux   L'univers du conte, peuplé de personnages surnaturels (fées, sorcières, ogres...) ou d'objets magiques.

Moralité   Un conte se termine souvent par une leçon de sagesse, morale ou moralité, adressée aux enfants et aux adultes.

Opposant   Le personnage qui tente d'empêcher le héros de réussir les épreuves qu'il traverse.

Origines (conte des)   Un conte des origines nous donne une explication mythique de la naissance du monde.

Schéma narratif   De nombreux contes sont composés sur un scénario que l'on retrouve d'un récit à l'autre : on part d'une situation initiale pour arriver à une situation finale, en passant par des épreuves.

À lire et à voir

• DES CONTES D'ICI ET D'AILLEURS EN FILMS

Le Petit Poucet
Film d'Olivier Dahan (2001)

Kirikou et la sorcière
Film de Michel Ocelot (1998)

Princes et princesses
Film de Michel Ocelot (2000)

Little red walking hood (Le Petit Chaperon rouge)
Film de Tex Avery (1937)

Le Voyage de Chihiro
Film de Hayao Miyazaki (2001)

• DES SITES POUR LIRE DES CONTES

http://ahama.9online.fr/index.htm

> Le conte *Les Prêtres et les Trois Questions* peut être lu sur un site Internet très intéressant, qui présente bien d'autres histoires du facétieux oriental.

www.contesafricains.com

www.wobebli.net/contes/contes.htm

> Si tu veux découvrir de très bons sites qui présentent des contes africains.

Table des illustrations

Suivi éditorial : Raphaële Patout

Iconographie : Hatier Illustration

Illustrations intérieures : Natacha Sicaud

Principe de maquette : Marie-Astrid Bailly-Maître & Sterenn Heudiard

Mise en page : Nicolas Balbo

Imprimé en France par la Nouvelle Imprimerie Laballery, Clamecy

Dépôt légal : 96210-3/07 - Août 2023 - N° d'impression : 307340